Die drei !!!

Mira Sol

Die drei !!!

Spuk am Himmel

KOSMOS
bei CARLSEN

Außerdem in der Reihe *Die drei !!!* im Carlsen Verlag lieferbar:

Die drei !!! – Die Maske der Königin
Die drei !!! – Engel in Gefahr
Die drei !!! – Filmstar in Gefahr / Tanz der Hexen (Doppelband)
Die drei !!! – Gefahr im Reitstall
Die drei !!! – Geheimnis der alten Villa
Die drei !!! – Herzklopfen
Die drei !!! – Heuler in Not
Die drei !!! – Im Bann des Tarots
Die drei !!! – Jagd im Untergrund
Die drei !!! – Krimi-Dinner
Die drei !!! – Kuss-Alarm
Die drei !!! – Skandal auf dem Laufsteg
Die drei !!! – Spuk am See, Vampire in der Nacht, Tanz der Herzen, Beutejagd am Geistersee (4 Bände im Schuber)
Die drei !!! – VIP-Alarm

Unser Versprechen für mehr Nachhaltigkeit

- Klimaneutrales Produkt
- Papiere aus nachhaltigen und kontrollierten Quellen
- Hergestellt in Europa

FSC www.fsc.org MIX Papier aus verantwortungsvollen Quellen FSC® C083411

Veröffentlicht im Carlsen Verlag
Januar 2022
Mit freundlicher Genehmigung des Franckh-Kosmos Verlages
Die drei !!! – Spuk am Himmel von Mira Sol

Umschlagbild: Anike Hage
Umschlaggestaltung: formlabor
ISBN 978-3-551-32034-6

Die drei !!!

Spuk am Himmel

Eiskalte Hand

»Habt ihr das gehört?«, flüsterte Marie. Sie hatte sich kerzengerade aufgesetzt und die Decke fest um die Schultern gezogen. Ihre Augen waren vor Schreck geweitet und leuchteten gespenstisch im fahlen Mondlicht. »Da röchelt jemand!«
»Das kommt von dahinten«, raunte Kim. »Aus dem Busch.«
Franzi lauschte in die Schwärze der Nacht. Tatsächlich. Aus dem Gebüsch neben dem Pferdeschuppen drang Rascheln und leises Schnaufen. Es kam Franzi sofort bekannt vor. Sie grinste. »Regt euch nicht auf, das ist –« Im selben Moment legte sich eine eiskalte Hand um ihren rechten Arm. Franzi stieß einen Schrei aus und riss sich los. Augenblicklich fing Marie an zu kreischen. Sie krallte sich an Kim fest.
»Sorry«, rief Kim. »Keine Panik. Ich habe doch nur nach Franzis Hand gegriffen.«
Marie verstummte und ließ Kim los.
»Du hast vielleicht Eisfinger, Kim«, zischte Franzi. »Mir ist beinahe das Herz stehen geblieben!«
Ihre Freundin hob entschuldigend die Hände.
»Alles klar bei euch?«, war plötzlich eine Stimme zu hören. Auf dem Weg, der vom Haus zur Koppel führte, zuckte das gleißende Licht eines Handscheinwerfers. Es blendete so, dass alle drei die Augen zukneifen mussten. Franzi blinzelte und erkannte schemenhaft ihren Vater.
»Was ist passiert?«, rief Herr Winkler. Er ließ den Lichtkegel der Lampe über den Boden gleiten. »Hat das Hängebett nicht gehalten?«

»Nein, alles in Ordnung«, beeilte sich Franzi zu sagen. Sie atmete tief durch. »Ich hatte bloß vergessen, Marie und Kim vor *Mister Röchel* zu warnen. Und natürlich ist er ausgerechnet heute Nacht wiedergekommen.«

Herr Winkler lachte auf. »Verstehe!«

Kim und Marie warfen sich einen irritierten Blick zu.

»Wer ist *Mister Röchel*?«, fragte Marie.

»Ein Igel«, antwortete Franzi grinsend. »Er ist vor vier Wochen das erste Mal hier aufgetaucht. Scheinbar findet er die Schnecken in unserem Garten sehr lecker. Er kommt regelmäßig nachts vorbei und jagt sie.«

»Ein kleiner Igel macht solche abartigen Geräusche?«, fragte Kim. Sie blickte skeptisch zu dem Busch, aus dem jetzt lautes Schmatzen drang.

Marie strich sich energisch eine Strähne ihrer langen blonden Haare hinter das Ohr. »Das klingt eher wie ein Vampir.«

Franzis Vater lachte. »Wenn man das Geräusch nicht kennt, kann man es tatsächlich mit der Angst zu tun bekommen.« Er leuchtete das Gebüsch an. Im Lichtkegel war ein großer Igel mit einer glänzenden schwarzen Knopfnase zu erkennen. Er hielt ein Schneckenhaus zwischen den Vorderpfoten. Herr Winkler schaltete die Lampe aus. »Dann wollen wir ihn mal nicht weiter stören.«

Franzi nickte. »Aber es war super, dass er uns gestört hat. Sonst hätten wir die Sternschnuppen verschlafen.«

»Stimmt«, sagte Marie. Sie klopfte auf eins der weichen Kissen, die überall auf der Matratze verteilt waren. »Das Hängebett ist so was von gemütlich! Ich habe nur mal kurz die Augen zugemacht und bin direkt eingeschlafen.«

»Das ist wirklich eine tolle Idee von Ihnen gewesen«, fügte Kim hinzu.
»Freut mich!«, antwortete Herr Winkler. Er fuhr prüfend über eines der dicken Seile, mit denen das Bett an zwei Ästen befestigt war. Eigentlich war es kein komplettes Bett, sondern ein Lattenrost, den Franzis Vater beim Aufräumen auf dem Dachboden gefunden hatte. Er hatte ihn in den Ästen zweier großer Eichen festgebunden und Franzi hatte eine alte Matratze bezogen und Kissen und Decken darauf drapiert. Knapp einen halben Meter über dem Boden schwang nun ein großes, bequemes Outdoor-Bett sanft hin und her. Es war natürlich Ehrensache gewesen, dass Franzi es zusammen mit ihren Freundinnen und Detektivkolleginnen Kim und Marie einweihte.
Herr Winkler lächelte. »Dann lasse ich euch mal wieder allein in der wilden Natur zurück.« Er zwinkerte. »Wenn was ist, einfach schreien!« Er winkte und wandte sich zum Gehen.
»Papa, das war gemein!«, rief Franzi ihm hinterher.
»Lass mal«, sagte Marie. »Ich habe vorhin wirklich überreagiert. Aber das passiert mir nicht noch mal.«
Franzi musste grinsen. Es war Marie deutlich anzumerken, dass ihr die Sache peinlich war. Sie hatten mit ihrem Detektivclub *Die drei !!!* schon unfassbar viele gefährliche Situationen gemeistert – und jetzt versetzte sie ein harmloses kleines Tier in Angst und Schrecken.
Kim seufzte. »Ich fand das Geräusch auch mehr als unheimlich. Aber Marie und ich wohnen eben in der Stadt. Da laufen keine Igel herum und schnaufen wie die Weltmeister.«

Marie nickte. »Eigentlich ziemlich schade.« Sie grinste. »Ich meine, nicht die Igel. Auf die kann ich verzichten. Aber so einen schönen Sternenhimmel wie hier kann man in der Stadt niemals sehen!« Marie legte den Kopf in den Nacken und sah verträumt nach oben. Das leise Schmatzen, das aus dem Busch zu ihnen drang, schien sie nicht mehr zu stören.

Franzi blickte ebenfalls in den Himmel. Vor der undurchdringlichen Schwärze des Firmaments leuchteten unzählige Sterne. Sie glitzerten wie kostbare Diamanten, die auf schwarzem Samt verstreut waren. Keine Straßenbeleuchtung oder Lichter von Häusern störten den Anblick. Wieder einmal mehr freute sich Franzi, dass sie mit ihrer Familie hier am Stadtrand in dem alten Bauernhäuschen lebte. Es war umgeben von weiten Feldern, Weiden und Waldstücken, die einigen Bauern gehörten, und Franzi konnte mit ihrem Pony Tinka jederzeit von der Koppel aus weitläufige Ausritte in der Gegend unternehmen. Sie liebte diese Stunden, die sie ganz allein mit ihrer lebhaften Rappstute in der Natur verbrachte. Aber mindestens genauso liebte sie den Kitzel, den sie bei der Detektivarbeit mit Kim und Marie erlebte. Erst vor wenigen Tagen war es ihnen gelungen, einen äußerst mysteriösen Fall zu lösen. Sie hatten einen skrupellosen Täter dingfest gemacht, der nachts als schwarzes Phantom durch einen Rosengarten schlich und die Anwohner in Angst und Schrecken versetzte. Fast nebenbei hatten sie auch noch einen fiesen Betrugsversuch aufgedeckt. Franzi seufzte zufrieden. Zusammen waren *Die drei !!!* wirklich ein unschlagbares Team. Aber jetzt waren erst mal Ferien und Erholung angesagt! Schon vor Wochen hatten sie eine Liste erstellt: Sie würden ins Waldschwimmbad gehen, Radtouren machen, Eis essen, die Gorilla-Babys im Zoo besuchen und viele schöne andere Sachen machen. Und heute verbrachten sie die Nacht draußen in dem gemütlichen Hängebett und würden ein seit Wochen angekündigtes Himmels-Spektakel genießen. Anfang August gab es immer besonders viele Sternschnuppen. Das Ereignis hieß »Perseiden-Strom«. Tausende von verglühenden Meteoren würden über den nächtlichen Sommerhimmel rasen und dabei ihre leuchtenden Spuren ziehen. Franzi wartete gespannt. Auch Kim und Marie sahen konzentriert in den Himmel.

»Da war eine!«, rief Marie plötzlich. Sie sprang vom Hängebett und lief zum Koppelzaun vor.

»Wo?«, fragte Kim.

»Schon vorbei«, murmelte Marie. Im selben Moment glommen zwei Lichtpunkte dicht nebeneinander auf und beschrieben einen rasanten Bogen über den Himmel. Wie winzige Feuerwerkskörper schossen sie durchs Dunkel. Das Phänomen hielt nur wenige Sekunden an, dann wurden die Lichtpunkte vom Himmelsschwarz verschluckt. Aber schon kurz darauf leuchteten weitere Feuerbälle auf und zogen ihre gleißenden Spuren in die Dunkelheit. Immer mehr Sternschnuppen regneten im Sekundentakt herab.

Die drei Mädchen blickten atemlos in den Himmel.

»Wahnsinn!«, murmelte Kim. »So etwas habe ich noch nie gesehen.«

Franzi und Marie nickten stumm.

»Wünscht euch was!«, flüsterte Marie schließlich, ohne den

Blick vom Firmament abzuwenden. Wieder und wieder querten Feuerpunkte den Nachthimmel.

»Guter Hinweis, das hätte ich fast vergessen«, flüsterte Kim. Sie lehnte sich an den Koppelzaun und sah konzentriert in den Himmel.

Franzi sog genüsslich die mild duftende Sommernachtsluft ein. Sie dachte an Blake. An seine blitzblauen Augen, die verstrubbelten dunklen Haare, sein warmes Lachen. Sie konnte sein Gesicht ganz nah vor sich sehen. Als eine besonders große Sternschnuppe den Himmel kreuzte, wünschte Franzi sich, dass die zehn Tage, die er im Ruder-Trainingscamp verbrachte, wie im Flug vergehen würden. Das war gerade der einzige, große Wunsch, den sie hatte: Blake sollte wieder da sein! Sie wollte sich in seine Arme werfen, seine warmen Lippen spüren, seine vertraute Stimme hören. Franzi seufzte und schloss die Augen.

»Hast du dir gewünscht, dass Blake bald zurückkommt?«, fragte Marie prompt. Franzi öffnete die Augen. Ihre Freundin lächelte sie an. Franzi räusperte sich und zupfte an einem ihrer kurzen Zöpfe.

»Nichts sagen!«, rief Kim, bevor Franzi antworten konnte. »Sonst geht der Wunsch nicht in Erfüllung!«

»Quatsch!«, sagte Marie sofort. »Das ist nur beim Wimpernwunsch so. Du weißt schon, du findest eine deiner Wimpern, wünschst dir was und pustest sie weg. Dabei darf man das, was man sich gewünscht hat, niemandem verraten.« Marie strich sich eine Haarsträhne aus dem Gesicht. »Bei Sternschnuppen gilt das nicht.«

»Bist du sicher?«, fragte Kim.

Marie nickte. »Klar! Also, *ich* verrate euch meinen Wunsch: Ich möchte, dass mich Sami morgen wieder ganz süß anlächelt und fragt, ob wir zusammen Zimtschnecken backen.«
Franzi grinste. Sami war der neue Au-pair-Junge, der seit fast zwei Wochen bei Maries Familie lebte und sich um Finn, Maries dreijährigen Halbbruder, kümmerte. Er kam aus Finnland, war 18 Jahre alt, wollte Medizin studieren und Kinderarzt werden. Da er nicht sofort einen Studienplatz bekommen hatte, hatte er beschlossen, ein Jahr als Au-pair in Deutschland zu verbringen. Laut Marie war Sami sehr lustig, konnte fantastisch backen und kam sofort mit allen Menschen klar. Franzi war schon neugierig darauf, den Jungen kennenzulernen. Sie waren mit ihm und Finn morgen Nachmittag auf dem Laurentius-Markt verabredet.
»Du weißt aber schon, dass Sami sich nicht um dich kümmern soll«, stichelte Franzi, »sondern um deinen kleinen Bruder!«
Marie warf ihre Haare über die Schulter zurück und grinste. »Klar. Generell schon. Deshalb habe ich mir ja auch vom Universum gewünscht, dass er ein Mal was mit mir alleine macht.«
Franzi schüttelte lachend den Kopf. »Du bist echt unverbesserlich!«
Kim räusperte sich. »Was ist eigentlich mit Holger? Hast du ihn schon getroffen und ihm die Meinung gesagt?«
Franzi zuckte zusammen. Marie war seit ein paar Wochen gar nicht gut auf ihren Freund zu sprechen. Vielleicht war er mittlerweile auch schon ihr Exfreund? Franzi kannte die neuesten Entwicklungen nicht.

Jedenfalls waren Marie und Holger einmal lange Zeit ein sehr glückliches Paar gewesen. Doch dann hatte Holger gestanden, dass er sich nicht mehr sicher war, ob er Marie wirklich noch liebte, und eine Beziehungspause vorgeschlagen. Wenige Tage später hatte Marie ihn dann zusammen mit einem anderen Mädchen beim Parkour-Training gesehen. Die beiden hatten nicht gerade den Eindruck gemacht, bloße Sportpartner zu sein. Seitdem war Marie tief enttäuscht von Holger und hatte eigentlich vorgehabt, einen endgültigen Schlussstrich zu ziehen.

»Ja. Holger«, sagte Marie spitz. »Der musste unser Treffen absagen. Er hatte einen Unfall.«

»Das hast du gar nicht erzählt«, rief Kim. »Der Arme!«

Marie verzog den Mund. »Mein Mitleid hält sich in Grenzen.«

»Ist ihm was beim Parkour passiert?«, fragte Franzi.

»Nein.« Marie schüttelte den Kopf. »Er ist bei Rot über die Straße gelaufen.«

Kim riss die Augen auf. »Verdammt. Er ist überfahren worden!«

Marie kletterte auf den Koppelzaun und ließ die Beine baumeln. »Nein. Er ist mit einem anderen Jungen zusammengestoßen, der auch bei Rot rübergerannt ist. Von der gegenüberliegenden Seite. Beide haben nicht nach vorne geschaut, sondern nur auf die Autos geachtet. Und dann: Peng!« Marie zuckte mit den Schultern. »Sie sind mit den Köpfen zusammengeknallt. Schwere Gehirnerschütterung. Mindestens eine Woche Bettruhe.«

»Oje«, sagte Kim.

»Wie gesagt, mein Mitleid hält sich in Grenzen«, wiederholte Marie.
Plötzlich reckte sie den Hals und sah in den Himmel. »Das ist ja seltsam!«
»Was meinst du?«, fragte Franzi und beugte sich ebenfalls weiter vor. Sie konnte jedoch nichts entdecken und nahm an, dass Marie nur vom Thema *Holger* ablenken wollte.
Doch Marie beharrte darauf: »Da, rechts, über dem Wald«, sagte sie. »Da ist doch was!«
»Ich sehe Sterne«, sagte Franzi. »Millionen von Sternen. Und viele Sternschnuppen.«
»Ja, aber siehst du auch die fünf Lichtpunkte, die ganz dicht nebeneinanderstehen?« Marie kniff die Augen zusammen. »Die bewegen sich! Und zwar nicht wie Sternschnuppen.«
Franzi sah genauer hin. Jetzt erkannte sie, was Marie meinte. Über dem Wald leuchteten fünf besonders große Sterne: einer in der Mitte und vier drumherum. Die Formation bewegte sich inmitten der fallenden Sternschnuppen langsam auf und ab und schien in Richtung der Felder zu ziehen. Bei genauerem Hinsehen konnte man erkennen, dass sie anders leuchtete als die Sterne am Himmel. Ihr Licht war stärker, kälter, bläulicher. Plötzlich begann das Licht im Zentrum zu blinken.
Kim kletterte über den Koppelzaun und lief ein Stück weiter hinaus auf die Wiese. »Leute, das sind weder Sterne noch Sternschnuppen!«
Franzi und Marie folgten ihr. Die Lichter verloren an Höhe. Sie schossen wieder zurück in Richtung des Waldes, sackten rasant ab, fingen sich, begannen dann zu kreiseln und verlo-

ren weiter an Höhe. Mit einem Mal verlosch das Leuchten. Die drei !!! sahen sich an.
»Was war das denn jetzt?«, rief Kim. »Ist da ein Flugzeug abgestürzt?«
»Das hätten wir doch gehört«, antwortete Marie. Sie schüttelte den Kopf. Im Mondlicht konnte Franzi ihr Gesicht sehen, auf dem sich Ratlosigkeit spiegelte. »Also, ich weiß ja, dass das jetzt total verrückt klingt. Aber wenn ihr mich fragt, dann sah das Ganze nach einem Ufo aus!« Marie lief noch ein Stück weiter auf die Koppel hinaus. »Sagt mal, leuchtet da etwas hinten in den Feldern?«, rief sie.
»Ich sehe zwei helle Punkte«, antwortete Kim. »Sie bewegen sich knapp über dem Boden.«
Franzi orientierte sich kurz. »Das ist bei den Maisfeldern vor dem Hühnerhof der Familie Ahlers.«
Marie stemmte die Arme in die Seiten. »Das müssen wir uns sofort ansehen!«
Kim nickte. »Auf jeden Fall.«
»Meint ihr, da laufen jetzt ein paar abgestürzte Aliens herum?«, fragte Franzi.
»Wer weiß«, rief Marie zurück. »Wir müssen auf jeden Fall nachsehen. Los, kommt schon!«
Franzi schüttelte den Kopf. »Wartet, ich hole erst die Taschenlampen! Sonst brechen wir uns alle Knochen. In den Feldern gibt es dutzende von Löchern!«
»Gut«, rief Marie. »Aber beeil dich.«
Das brauchte sie Franzi nicht zweimal zu sagen. Sie rannte wie der Teufel zurück zum Koppelzaun, flankte darüber und spurtete zum Pferdeschuppen.

Spuk am Himmel

Das Tor des alten Schuppens knarrte leise, als Franzi es aufstieß. Sie schaltete das Licht ein, obwohl sie sich wahrscheinlich auch in völliger Dunkelheit in dem Raum zurechtgefunden hätte. Zusammen mit Kim und Marie hatte sie hier schon unzählige Stunden verbracht, denn der Schuppen war ihr geheimes Hauptquartier, in dem sie ihre Detektiv-Besprechungen abhielten. Franzi ging schnell an der Sitzecke mit dem runden Tisch und den drei Stühlen vorbei und steuerte auf einen silbernen Rollcontainer zu. Dort bewahrten die Detektivinnen ihre Utensilien auf, die sie für die Ermittlungen benötigten. Franzi riss die oberste Schublade auf, schob das Abhörgerät und das Fingerabdruck-Set zur Seite und schnappte sich drei mittelgroße Taschenlampen.

Als sie die Schuppentür zuschlug, hörte sie, dass ein Auto in die Einfahrt zum Hof einbog. Das eindrucksvolle Knattern, das der Motor von sich gab, konnte nur von Stefans altem Opel stammen. Franzi schüttelte den Kopf. Eigentlich wohnte ihr älterer Bruder schon lange nicht mehr zu Hause. Er studierte BWL und hatte ein Zimmer in einer WG in der Stadt gemietet. Allerdings kam er häufig spontan nach Hause, wenn er auf einer Party in der Nähe gewesen war und keine Lust hatte, weiter in die Stadt hineinzufahren. Meistens brachte er dann noch, rein zufällig natürlich, einen großen Sack mit Schmutzwäsche mit, den er in der Waschküche abstellte.

Franzi lief auf das geparkte Auto zu. Tatsächlich war es Stefans Uralt-Opel. Ihr Bruder zog gerade eine große Tasche vom Beifahrersitz. Sie war bis zum Zerbersten gefüllt und der Ärmel eines Pullis und eine Tennissocke quollen aus dem halb geöffneten Reißverschluss heraus. Stefan zuckte zusammen, als Franzi aus dem Dunkel heraus auf ihn zulief.

»Hast du mich erschreckt!«, sagte er. »Was machst du denn hier?«

Franzi stemmte die Arme in die Seite. »Das könnte ich dich auch fragen!«

Stefan zog eine Augenbraue hoch. »Ich bin schon lange volljährig und kann mich nach Mitternacht herumtreiben, wo ich will. Du hingegen …«

»Ich befinde mich immer noch zu Hause!«, unterbrach ihn Franzi grinsend. »Außerdem sind Ferien, und überhaupt – ich hab jetzt keine Zeit!«

»Was hast du denn vor?« Stefan deutete auf die Taschenlampen in Franzis Händen.

Franzi verdrehte die Augen. »Wir –«

Im selben Moment kam Marie angelaufen, dicht gefolgt von Kim.

»Wo bleibst du denn!«, rief sie leise. »Wir müssen uns beeilen, sonst sind die Lichter weg!« Dann sah sie Franzis Bruder. »Oh, hallo, Stefan!«

»Hi!«, grüßte Stefan zurück. »Du meine Güte«, murmelte er. »Alle drei Detektivinnen in Eile. Das kann nur eins bedeuten: Sie verfolgen einen Verbrecher.«

»Das wissen wir noch nicht«, sagte Marie. »Wir haben einen sehr seltsamen Spuk am Himmel beobachtet: Ein unbekann-

tes Flugobjekt ist herumgeflogen und dann in den Feldern gelandet. Wir müssen unbedingt nachsehen.«
»Bitte?« Stefan lachte auf. »Spuk am Himmel! Das ist ja mal was Neues.« Er sah in den Sternenhimmel und zwinkerte anschließend den drei Detektivinnen zu. »Falls ihr es noch nicht mitbekommen habt: Heute ist Sternschnuppennacht. Ihr habt bestimmt einen besonders großen Meteor entdeckt.«
»Nein.« Franzi schüttelte energisch den Kopf. »Das war etwas anderes.« Sie warf Kim und Marie je eine Taschenlampe zu. »Los geht's!« Zu ihrem Bruder gewandt sagte sie: »Du kannst ja mitkommen!«
Stefan seufzte. »Na gut, ich kann euch ja nicht allein in die einsame Nacht laufen lassen.«
Franzi grinste. »Gib einfach zu, dass du neugierig bist!«
Die drei !!! liefen los. Stefan sprintete hinterher.
Als sie die Koppel erreicht hatten, blieben sie stehen und orientierten sich kurz. Der Wind hatte aufgefrischt und ein blasser Mond beleuchtete die zerfaserten Wolken am Himmel. Es fielen kaum noch Sternschnuppen.
Stefan sah sich um. »Wo sind denn nun eure Aliens?«, witzelte er.
»Die Lichter waren im Maisfeld in der Nähe vom Ahlers-Hof«, sagte Franzi.
»Da!«, rief Marie. »Ich kann sie wieder sehen. Jetzt sind sie ein Stück weiter draußen.«
Stefan kniff die Augen zusammen und pfiff durch die Zähne. »Tatsache: Da ist was.«
Franzi knuffte ihn in die Seite. »Haben wir doch gesagt!«

Die drei Mädchen schalteten ihre Taschenlampen ein und liefen, dicht gefolgt von Stefan, bis zum Ende der Koppel. Dort stiegen sie über den Zaun und liefen weiter am Rand des angrenzenden Rapsfeldes entlang. Nach einigen Minuten erreichten sie einen schmalen Weg, der das Feld von einem üppig bewachsenen Maisacker trennte. Die Pflanzen waren fast zwei Meter hoch.

»Da!«, rief Marie. Sie deutete schräg links vor sich.

Kim sah in die angegebene Richtung, konnte aber nichts entdecken.

»Mist«, fluchte Franzi. »Das ist total unübersichtlich.« Sie leuchtete in eine Reihe von Maispflanzen hinein.

Plötzlich flammte gleißendes Licht auf. Franzi wich zurück, landete mit einem Fuß in einem Erdloch und verlor das Gleichgewicht. Sie plumpste zu Boden. Marie sprang zu ihr.

»VERSCHWINDET!«, schrie eine wütende Stimme. Maisblätter raschelten. Jemand näherte sich mit schnellen, energischen Schritten. Während Franzi sich mit Maries Hilfe wieder aufrappelte, sah sie aus dem Augenwinkel ein Paar Beine, das in groben Arbeitshosen steckte. Das Licht blendete sie, sodass sie weiter nichts von der Person erkannte, die wütend schnaufte und wiederholte: »Verschwindet endlich und –«

»Herr Ahlers!«, unterbrach Stefan. »Erkennen Sie uns nicht? Wir sind es: Franziska und Stefan Winkler. Vom alten Bauernhäuschen mit der Tierarztpraxis! Unser Vater kümmert sich um Ihre Hühner.«

Die Lampe wurde abgesenkt. Jetzt konnte Franzi das zerfurchte Gesicht mit dem großen Schnauzer darin sehen. Es

war Albrecht Ahlers, der Bio-Hühnerbauer. Völlig überrascht sah er sie an.
Kim und Marie standen mit offenen Mündern da und brachten keinen Ton heraus.
»Was, zum Teufel, macht ihr nachts auf meinem Feld?«, wollte der Mann wissen.
Franzi räusperte sich. »Wir haben vor einigen Minuten gesehen, dass etwas über den Feldern hin und her geflogen ist. Später sah es so aus, als würde es abstürzen. Wir wollten nachsehen, was passiert ist.«
Der Bauer nickte. »Deswegen bin ich auch rausgekommen.« Er wischte sich die Hand an seiner Hose ab und hielt sie Franzi hin. »Tut mir leid, dass ich euch so angeschrien habe.«
Franzi nahm die Hand und schüttelte sie. »Kein Problem, Sie konnten ja nicht wissen, dass wir auch auf der Suche nach den merkwürdigen Lichtern waren.« Sie sah zu Marie und Kim. »Das sind übrigens meine besten Freundinnen, sie übernachten heute bei mir.«
Der Bauer lächelte. »Schön, euch kennenzulernen!«
Anschließend gab er Stefan die Hand. »Tut mir leid, wenn ich euch erschreckt habe«, murmelte der Landwirt.
Stefan winkte ab. »Kein Problem. Es hat sich ja geklärt!«
Marie räusperte sich. »Ich finde, dass sich nicht wirklich etwas geklärt hat.« Sie zuckte mit den Schultern. »Ich meine, den Ursprung dieser merkwürdigen Lichter haben wir alle bislang noch nicht herausgefunden.«
Herr Ahlers nickte. »Das ist richtig. Aber ich fürchte, wir werden heute Nacht auch nicht mehr viel ausrichten kön-

nen. Es ist viel zu dunkel. Außerdem sind die Lichter genau in dem Moment erloschen, als ihr kamt.«
Franzi ließ den Blick über das Feld schweifen. Die Blätter der Maispflanzen raschelten leise im sanften Wind. Sonst war nichts zu hören und auch nichts zu sehen. Die geisterhaften Lichter waren verschwunden.
Die drei !!! sahen sich an. Kim nickte. Marie zog das silberne Etui mit den Visitenkarten ihres Detektivclubs aus der Hosentasche. Sie holte eine Karte daraus hervor und reichte sie Albrecht Ahlers. »Wir würden uns gerne um dieses seltsame Phänomen kümmern.«
Der Landwirt nahm die Karte und betrachtete sie im Schein der Lampe.

»Detektivinnen!«, murmelte er schließlich. »Das wusste ich gar nicht, Franzi!«
Franzi nickte. »Wir sind schon seit langer Zeit aktiv. Wir haben schon über sechzig Fälle gelöst und entsprechend viel Erfahrung.«
»Das ist wirklich eine Überraschung«, sagte der Landwirt. Er

sah auf seine Armbanduhr. »Aber es ist jetzt fast zwei Uhr morgens. Ich glaube, wir sollten alle ins Bett.«
Stefan nickte. »Das denke ich auch.«
Die drei !!! nickten sich zu. Im Moment konnten sie hier nicht mehr viel machen.
»Herr Ahlers, sind Sie damit einverstanden, dass wir morgen früh das Feld absuchen?«, fragte Kim. »Wir würden Ihnen gerne dabei helfen, herauszufinden, was hier für merkwürdige Dinge passieren.«
Der Landwirt biss sich auf die Lippen. »Eigentlich möchte ich niemanden ins Feld lassen. Die Pflanzen könnten beschädigt werden.«
»Wir passen natürlich auf!«, sagte Kim.
»Lasst uns morgen noch mal darüber reden«, murmelte Ahlers. »Wahrscheinlich war das mal wieder ein alter Wetterballon, der abgestürzt ist. Das hatte ich schon ein paar Mal.« Der Landwirt räusperte sich und wandte sich zum Gehen. »Ich muss morgen sehr früh raus. Bitte entschuldigt mich.«
Die drei !!! nickten.
»Also, gute Nacht!«, sagte der Mann mit rauer Stimme und eilte davon.

Eine Viertelstunde später lagen die drei !!! im Hängebett unter den Eichen und kuschelten sich in ihre Schlafsäcke. Stefan hatte noch das Outdoor-Bett bewundert und war dann mit seinem Wäschesack im Bauernhaus verschwunden.
Kim gähnte. »Ich fand diesen Ahlers vorhin ein bisschen seltsam. Zuerst ist er total aus dem Häuschen, weil er etwas über

seinem Feld gesehen hat. Und dann sagt er, dass es bestimmt nur ein Wetterballon war. Ich denke, er wollte uns loswerden.«

»Hm«, machte Franzi. Sie stopfte sich das Kissen unter dem Kopf zurecht. »Ich glaube, er war sehr müde und wollte nur noch ins Bett.«

»Außerdem sind die meisten Leute erstaunt, wenn sie erfahren, dass wir Detektivinnen sind«, sagte Marie. »Das ging Herrn Ahlers wohl genauso.«

»Ja, vielleicht«, murmelte Kim. Sie drehte sich zu Franzi und stützte den Kopf in die Hand. Das Hängebett fing leicht an zu schaukeln. »Aber wie auch immer: Es hat funktioniert!«

»Was?«, fragten Marie und Franzi gleichzeitig.

»Mein Sternschnuppenwunsch«, sagte Kim. »Ich habe mir vorhin gewünscht, dass wir so schnell wie möglich einen neuen Fall bekommen. Und zack: Da ist er!«

Franzi seufzte. »Das werden wir ja morgen sehen. Ich hoffe nicht, dass wir bloß einen verschrumpelten Wetterballon finden.«

»Bestimmt nicht!«, sagte Kim sofort. »Da steckt garantiert etwas anderes dahinter! Am liebsten würde ich jetzt gleich noch mal nachsehen.« Sie gähnte herzhaft. »Aber das bringt in der Dunkelheit ja doch nichts.«

Der Ring der Prinzessin

Detektivtagebuch von Kim Jülich
Samstag, 6:24 Uhr
Ich hätte nicht gedacht, dass der Sternschnuppen-Wunschzauber so gut klappt! Wie es aussieht, haben wir einen neuen Fall! Was war das, das gestern kurz nach Mitternacht über dem Feld des Hühnerbauern Ahlers geflogen und dann gelandet oder abgestürzt ist?! Ich will es endlich wissen! Aber Franzi und Marie schlafen immer noch wie die Steine. Wenn sie um sieben nicht aufgewacht sind, helfe ich nach! Ich will endlich zu den Maisfeldern!!!

Geheimes Tagebuch von Kim Jülich
Samstag, 6:42 Uhr
Dieses Tagebuch ist GEHEIM! Jeder, der trotzdem darin liest, kriegt ein Problem mit mir!!! ☠ Welches Problem?!? Lasst euch einfach überraschen ☠☠☠.
Überall piepst, trällert, fiedelt und dudelt es wie verrückt. Seit Sonnenaufgang veranstalten die Vögel ein Konzert in einer Lautstärke, dass einem die Trommelfelle platzen. Besonders die Elstern spielen verrückt. Eine von ihnen hat vorhin sogar versucht, einen Löffel zu klauen, der noch von unserem Picknick gestern Abend auf der Decke lag. Ich verstehe nicht, wie Franzi und Marie bei dem Krach so tief schlafen können. Okay: Die beiden haben sich komplett in ihre Schlafsäcke verzogen und die Reißverschlüsse bis oben zugemacht. Ich sitze hier sozusagen zwischen zwei tauben Riesenleberwürsten.

Ich glaube, Marie war gestern Nacht noch lange wach. Sie hat zwar nichts gesagt, aber ich habe das Knistern von ihrem Schlafsack gehört, als sie sich immer wieder umgedreht hat. Wie geht es ihr wohl wirklich? Nach außen gibt sie sich total cool und tut so, als würde ihr die Sache mit Holger nichts ausmachen. Aber tief in ihrem Inneren ist Marie total verletzt, denke ich. Holger ist so ein Idiot!!!

Mann, bin ich froh, dass es mir wieder gut geht und ich die Sache mit Michi überstanden habe. Ja, ich bin über diesen Jungen wirklich hinweg. Die Zeit kurz nach der Trennung war furchtbar. Aber jetzt ist alles wieder gut. Bestimmt werde ich mich eines Tages wieder in jemanden verlieben, aber ich glaube, das muss gar nicht so schnell sein. Dazu ist das Single-Leben gerade viel zu schön! Ich hoffe ja, dass auch mein zweiter Sternschnuppenwunsch bald in Erfüllung geht: Ich will endlich, dass ein Krimi von mir in einem Verlag veröffentlicht wird. Wahrscheinlich reicht Wünschen dafür nicht ganz aus: Ich muss das Buch erst mal schreiben! Vielleicht war mein erster Wunsch nach einem neuen Fall etwas ungeschickt. Denn wenn wir ermitteln, habe ich schon wieder keine Zeit zum Schreiben mehr. Mann, ist das Leben kompliziert.

Aber eigentlich ist es doch ziemlich einfach: Wir müssen den neuen Fall ganz schnell lösen, dann habe ich Zeit für meinen Krimi ;-).

Ich wecke Franzi und Marie jetzt auf!!! Ich will zu dem Ufo – oder was immer da letzte Nacht im Feld gelandet ist.

Franzi tastete hektisch nach der Schlaufe des Reißverschlusses. Es war nicht so einfach, den Zipper in der völligen Dunkelheit, die sie im Schlafsack umgab, zu finden. Dass ihr dabei von außen jemand ständig in die Seiten pikte, machte die Sache nicht gerade leichter. Schließlich hatte sie den Zipper endlich gefunden, zog ihn runter und schälte sich aus dem Daunensack. Sie klopfte Kim auf die Finger. »Lass das!«

»Mann, bist du schwer wach zu bekommen!«, sagte Kim. Hinter ihr stand Marie und zwirbelte ihre langen blonden Haare am Hinterkopf zusammen. Neben Marie befanden sich zwei kleine Mädchen, die ungeduldig von einem Bein aufs andere traten.

»Endlich!«, piepste eines der Mädchen und grinste breit. Es entblößte dabei zwei große Zahnlücken und strubbelte sich durch ihr kurzes rotblondes Haar. »Es ist schon fast halb acht! Du bist doch sonst immer so früh auf und galoppierst mit deinem Pony durch die Gegend.«

Franzi kniff die Augen zusammen und schüttelte den Kopf. »Kann mir mal einer sagen, was hier los ist?«

Kim seufzte. »Wir haben einen Notfall!«

»Einen *dringenden* Notfall!«, bestätigte das andere kleine Mädchen. Jetzt erkannte Franzi, wer vor ihr stand. Das rotblonde Mädchen war Lissy, die sechsjährige Tochter der Familie Olbricht, die einen kleinen landwirtschaftlichen Hof in der Nachbarschaft betrieb. Das andere, dunkelhaarige Mädchen war ihre Freundin Anna. Die beiden waren schon öfter an der Koppel von Tinka vorbeigekommen und hatten Franzis Rappstute gestreichelt und mit Karotten verwöhnt.

»Die beiden sind hier vor zehn Minuten aufgetaucht«, sagte

Kim. Sie ließ ihren Kuli und das Detektivheft in ihren Rucksack fallen. »Wir sollen ihnen helfen, einen Ring wiederzufinden.«

»Jemand hat ihn gestohlen!«, rief Lissy.

»Das war ein ganz fieser Diebstahl!«, warf das andere Mädchen ein. »Wir waren nur zwei Minuten im Haus und da hat ihn jemand gestohlen. Vom Gartentisch weg.«

Franzi kratzte sich an der Nase. »Mal langsam. Was für einen Ring?!«

»Den *Ring der Prinzessin*!«, sagte Lissy ernst. »Kommt bitte mit. Ihr müsst uns helfen! Ihr seid doch Detektivinnen!«

»Wir haben euer Foto mal in der Zeitung gesehen!«, ergänzte Anna. »Bitte! Ihr habt schon so viele Verbrechen aufgeklärt!«

Kim zog eine Augenbraue hoch. »Wir hatten zwar etwas anderes vor, aber in Anbetracht dieser Notsituation sollten wir wohl zuerst hier Hilfe leisten.« Sie schlüpfte in ihre Turnschuhe und strich sich das kurze dunkle Haar aus der Stirn. »Kommt, lasst uns den Tatort besichtigen!«

Franzi rieb sich die Augen. Sie angelte nach ihrer Kapuzenjacke, die tief verborgen im Schlafsack steckte. Lissy und Anna hüpften aufgeregt auf und ab, während Franzi in die Jacke schlüpfte und ihre Schuhe suchte. »Wir müssen uns beeilen!«, rief Anna. »Wenn Lissys Brüder – autsch!« Lissy hatte Anna in den Arm gekniffen und schüttelte unauffällig den Kopf.

»Was ist mit deinen Brüdern?«, wollte Kim von Lissy wissen, als sie zu fünft über den Feldweg liefen, der zum Hof der Familie Olbricht führte.

»Nichts!«, sagte das Mädchen. Franzi sah, wie sich ihre Wangen rot färbten. Lissy schüttelte den Kopf. »Meine Brüder haben damit nichts zu tun. Aber ich möchte den Ring ganz schnell wiederhaben. Er war nur ausgeliehen.«
»Aha«, sagte Kim. Sie zog eine Augenbraue hoch. »Du kannst uns das ja nachher genauer erklären. Jetzt finden wir das gute Stück erst mal.«
Lissy lief an dem von Rosen umrankten Tor vorbei, das zu dem Gehöft der Olbrichts führte. »Wir müssen zum alten Obstgarten hinter dem Haus. Wir gehen außenrum.«
Kurze Zeit später standen die fünf Mädchen unter einem großen, alten knorrigen Apfelbaum. Zwei Elstern flogen keckernd auf und ließen sich ein paar Meter weiter auf dem Zaun nieder. Durch das dichte Laub der ausladenden Äste fielen vereinzelte Sonnenstrahlen und malten helle Kringel auf einen Tisch und mehrere Stühle, die unter dem Blätterdach standen. Der Platz war bestimmt herrlich, um in der Mittagszeit der Sommerhitze zu entfliehen.
»Hier auf dem Tisch hat der Ring gelegen?«, fragte Kim.
Lissy nickte. »Ich habe ihn Anna gezeigt. Und dann wollten wir uns den Stein genauer ansehen und sind ins Haus gegangen, um eine Lupe zu holen.«
»Vielleicht ist er runtergefallen«, mutmaßte Marie. Sie ging in die Knie und untersuchte das Gras unter dem Tisch. »Es ist ein breiter Goldreif mit einem großen hellblauen Stein drin, richtig?«
Anna und Lissy nickten. »So groß ungefähr!«, sagte Lissy und zeigte dabei mit Daumen und Zeigefinger die Größe eines Hühnereis an.

Franzi pfiff durch die Zähne. »Echt? Den müsste man ja sofort sehen, wenn er ins Gras gefallen ist.«
Lissy biss sich auf die Lippe. »Vielleicht ist er doch etwas kleiner. So wie eine Kirsche. Oder wie eine Erbse.«
Marie seufzte. »Dann wird es schwierig.« Sie durchkämmte das Gras unter dem Gartentisch mit allen zehn Fingern.
»Da haben wir schon überall gesucht!«, sagte Anna. »Jemand muss den Ring weggenommen haben!«
Kim ließ den Blick über den Garten schweifen. »War jemand in der Nähe, als ihr hier gesessen habt?«
Die Mädchen schüttelten gleichzeitig die Köpfe. »Ich glaube nicht«, sagte Lissy.
»Lissy, Anna!«, ertönte plötzlich eine weibliche Stimme vom Haupthaus her. »Wo steckt ihr? Es gibt Frühstück!«
»Das ist meine Mama!«, murmelte das Mädchen. Sie zuckte mit den Schultern. »Ich glaube, wir müssen rein.«
»Geht ruhig, wir kümmern uns um den Ring«, versprach Kim.
Lissy lächelte dankbar. »Wir beeilen uns!«
»Glaubt ihr die Geschichte mit dem Ring«, fragte Franzi, als die Mädchen im Haus verschwunden waren. Sie sah sich skeptisch um.
Kim zuckte mit den Schultern. »Die beiden waren vorhin wirklich total aus dem Häuschen.« Sie blickte zu einem Apfelbaum, der unweit stand, und kniff die Augen zusammen.
»Ich glaube ihnen.« Kim lief zum Stamm des Baums und starrte weiter nach oben.
Franzi beobachtete ihre Freundin irritiert. »Kim?«
»Hm?«

»Was suchst du da oben?«
Kim hatte den Kopf immer noch in den Nacken gelegt und schien den Himmel, die Äste oder sonst etwas im Baum zu studieren. Sie murmelte etwas, das Franzi nicht verstand.
Marie richtete sich auf, wischte sich die Hände an der Jogginghose ab und trat interessiert neben Kim. Sie starrte ebenfalls in die Baumkrone. Dann klopfte sie Kim auf die Schulter. »Einen Versuch wäre es wert.«
Franzi sah ihre Freundinnen verständnislos an.
Kim und Marie grinsten.
»Ich glaube, Franzi kann das am besten von uns allen!«, sagte Marie.
Kim nickte heftig. »Auf alle Fälle!« Sie verschränkte die Arme vor der Brust. »Auf was wartest du noch?«
»Ich soll in den Baum klettern?«, fragte Franzi. »Warum?!«

Supermegageheimversteck

Die ersten beiden Meter überwand Franzi in wenigen Sekunden. Die unteren Äste des Apfelbaums lagen dicht beieinander, sodass sie wie an einer Leiter emporklettern konnte. Dann wurde es etwas schwieriger. Sie musste sich gehörig strecken, um an den nächsten Ast zu gelangen. Aber die Neugier trieb Franzi an. Sie ärgerte sich, dass sie vorhin so schwer von Begriff gewesen war …

Beherzt packte sie den Ast mit beiden Händen, schwang leicht vor und zurück, nutzte den nächsten Schwung, um ihr rechtes Bein nach oben zu bringen und sich mit der Kniekehle einzuhängen. Sie rappelte sich hoch und kam rittlings auf dem Ast zu sitzen. Jetzt befand sie sich in ungefähr fünf Metern Höhe. Sie sah nach oben. Das große Vogelnest war noch gut zwei Meter von ihr entfernt.

Franzi hangelte sich weiter.

Die beiden Elstern saßen auf dem Gartenzaun und keckerten aufgeregt.

Franzi prüfte den nächsten Ast auf seine Belastbarkeit. Er bog sich ein Stück nach unten, als sie sich daran hängte, aber er schien zu halten. Sie zog sich darauf und stellte sich so nahe wie möglich am Stamm hin. Auf den Zehenspitzen balancierend beugte sie sich weiter vor und hielt den Atem an. Jetzt konnte sie in das große Vogelnest hineinsehen.

Augenblicklich durchzuckte Franzi die Enttäuschung. Bis auf ein paar flaumige graue und weiße Federn war es vollkommen leer!

»Da ist er nicht«, rief Franzi ihren Freundinnen zu. »Also waren es doch keine diebischen Elstern.«

»Mist!«, rief Kim. Sie boxte gegen den Stamm des Apfelbaums.

»Das wäre auch zu schön gewesen!«, rief Franzi nach unten. Sie seufzte und machte sich an den Abstieg.

Plötzlich stieß Marie einen spitzen Schrei aus. Franzi sah aus den Augenwinkeln, wie ihre Freundin sich bückte und ins Gras fasste. Die Zehntelsekunde an Ablenkung reichte: Franzi setzte einen Fuß falsch auf und rutschte ab. Blitzschnell umklammerte sie mit der Hand einen Ast in der Nähe. Sie fand das Gleichgewicht wieder und atmete durch. Gerade als Franzi auf den nächsten Ast absteigen wollte, gab es ein hässliches, knirschendes Geräusch.

»Pass auf!«, hörte sie Kim rufen.

Die Elstern flogen laut schimpfend vom Zaun auf und flüchteten in den Nebengarten.

Dann brach das Holz. Franzi stürzte in die Tiefe.

Sekunden später presste ihr die Wucht des Aufpralls den Atem aus den Lungen. Benommen sah sich Franzi um. Sie war bäuchlings knapp anderthalb Meter über dem Boden auf einem Ast gelandet! Erleichtert packte Franzi zu, ließ sich an den Armen herunterhängen und sprang ab. Geschmeidig wie eine Katze landete sie auf allen vieren im Gras. Marie und Kim waren sofort bei ihr. Beide waren ziemlich blass um die Nase.

»Alles in Ordnung?«, wollte Kim wissen.

Franzi stand auf und rieb sich die Rippen. »Das gibt ein paar dicke blaue Flecken.« Sie sah an sich herunter. »Sonst ist alles okay, denke ich.« Sie wuschelte sich durch die roten Haare und zupfte ein paar Blätter heraus. »Ich habe in unserem Garten schon ganz andere Abstürze hingelegt.«

»Bin ich froh, dass nichts passiert ist!«, rief Marie. Sie hatte beide Hände zu Fäusten geballt.

»Es tut mir leid, dass du umsonst da oben warst«, sagte Kim. Sie zuckte mit den Schultern. »Der Ring lag im Gras unter dem Baum mit dem Nest.«

»Wie bitte?«, fragte Franzi überrascht.

Marie öffnete die rechte Faust. Ein matt schimmernder Goldring mit einem hellblauen, stumpfen Stein kam zum Vorschein. »Ich bin auf ihn draufgetreten, als wir dich beim Klettern beobachtet haben.«

Kim seufzte. »Eine der Elstern hat wahrscheinlich versucht, den Ring ins Nest abzuschleppen, und ihn dabei fallen gelassen.«

Franzi verdrehte die Augen. »Dann stimmte deine Theorie ja. Zumindest zum Teil.« Sie lief zum Gartentisch, setzte sich auf einen der Stühle und rieb sich die schmerzenden Seiten. »Hätten wir mal ein bisschen besser das Gras abgesucht.«

Marie und Kim folgten ihr. Marie legte den Ring auf den Tisch.

»Der sieht aber nicht sehr schön aus«, stellte Franzi fest. »Den Ring einer Prinzessin hätte ich mir anders vorgestellt.«

»Er scheint lange Zeit irgendwo Wind und Wetter ausgesetzt gewesen zu sein«, meinte Kim. Sie nahm das Schmuckstück und drehte es zwischen ihren Fingern. »Er sieht sehr alt aus.«

Marie und Franzi beugten sich vor.

»Da ist etwas in den Stein eingeritzt«, stellte Marie fest. Sie nahm den Ring und hielt ihn dicht vor ihre Augen. »Es sieht aus wie zwei ineinander verschlungene Hände. Darunter sind irgendwelche Zeichen.« Marie runzelte die Stirn. »Man bräuchte eine Lupe.«
Kim lachte auf. »So weit waren Lissy und Anna heute Morgen auch.«
»Wie kommen zwei kleine Mädchen an so einen Ring?«, fragte Franzi.
»Lissy hat gesagt, dass er nur geliehen ist«, murmelte Kim. »Was hat das zu bedeuten?« Sie zog ihr Handy aus dem Rucksack und machte ein paar Fotos von dem Schmuckstück. Schweigend steckte sie es wieder ein.
Marie wies mit dem Kinn zum anderen Ende des Gartens. »Das sollen die beiden uns gleich mal erklären!«
Lissy und Anna rannten so schnell über den schmalen Pfad, der vom Haus zum Garten führte, dass der Kies zu allen Seiten wegspritzte. Mit roten Wangen kamen sie bei den drei !!! an. Kakaospritzer und diverse Flecken auf ihren T-Shirts deuteten darauf hin, dass die Mädchen sich beim Frühstücken sehr beeilt hatten.
Marie hielt den Ring hoch. »Ich schätze, das ist er.«
Lissy machte einen Freudensprung in die Luft, ballte die Faust und zog den Arm mit einem Ruck herunter. »Yes!«, schrie sie mit gesenktem Kopf. Dann klatschte sie sich mit Anna ab und begann einen Freudentanz.
Franzi musste grinsen. Die Mädchen sahen aus wie zwei Mini-Fußballer, die sich über das entscheidende Tor in der letzten Minute der zweiten Halbzeit freuten.

»Ich wusste es!«, rief Lissy und strahlte Franzi an. »Ihr seid die besten Detektivinnen der Welt!«
»Wer war es?«, fragte Anna. Sie sah sich um. »Habt ihr den Dieb schon eingesperrt?«
Kim lächelte. »Nein! Der oder die Täter sind nämlich weggeflogen und beobachten den Tatort aus sicherer Distanz.« Sie deutete zum Nachbarzaun. »Seht ihr die Elstern, die dort sitzen?«
Die Mädchen starrten die Vögel verwundert an. »Du meinst, die haben den Ring geklaut?«, fragte Lissy ungläubig.
Marie nickte. »Elstern lieben Dinge, die glitzern.«
Lissy und Anna blieb der Mund offen stehen.
Kim räusperte sich. »Es freut uns sehr, dass wir euch helfen konnten.« Sie nahm den Ring und drehte ihn nachdenklich zwischen den Fingern. »Sagt ihr uns jetzt, wo ihr ihn herhabt?«
Lissy verschränkte die Arme vor der Brust und schüttelte stumm den Kopf. Anna sah Kim aus großen Augen an und biss sich auf die Lippe.
»Kommt schon: Wir verraten es auch keinem!«, versuchte es Marie.
Franzi nickte. »Wir sind einfach nur neugierig. Wir sind eben durch und durch Detektivinnen.«
Anna stupste Lissy in die Seite. »Warum sagst du es ihnen nicht? Vielleicht können sie herausfinden, was Sven und Luke machen.«
Kim zog die Augenbraue hoch. »Wer sind Sven und Luke?«
»Lissys Brüder«, murmelte Franzi. Sie selbst kannte die beiden nur vom Sehen. Aber ihre Schwester Chrissie war öfter

mit Sven auf Partys und Konzerten. Er studierte seit Kurzem an der Fachhochschule in der Stadt. Was der jüngere Bruder Luke machte, wusste Franzi nicht. Sie nahm an, dass er noch zur Schule ging.

Lissy nickte und kratzte sich an der Nase. Sie sah eine Weile nachdenklich zu Boden. Schließlich murmelte sie: »Also gut.« Sie atmete tief durch. »Sveni und Luki haben ein Versteck. Und dadrin sind Schätze.«

Anna nickte eifrig. »Es ist ein Supermegageheimversteck. Das kann gar keiner finden.«

»Ich schon!«, sagte Lissy. »Ich habe es gefunden.«

»Du hast die Jungs gesehen«, warf Anna ein. »Als sie aus dem Versteck gekommen sind. Sonst hättest du das hinter dem Schrank nie gefunden!«

Lissy verdrehte die Augen. »Ist doch egal. Auf jeden Fall habe ich Anna das Versteck gezeigt. Wir sind heute Morgen so früh wach geworden. Papa und Mama waren bei den Tieren, Sveni und Luki haben geschlafen. Uns war langweilig.«

»Wo ist denn dieses Versteck?«, wollte Kim wissen. »Und was sind das für Schätze? Ist da noch mehr Schmuck?«

Lissy spielte mit ihrer Zungenspitze an einem wackeligen Zahn neben einer ihrer Zahnlücken herum. »Hm«, machte sie. »Da sind noch ganz viele Glasfläschchen und Ohrringe und so Anstecker …«

»Und lange goldene Ketten«, ergänzte Anna. »Aber die sind schon ein bisschen kaputt.«

»Der Ring war neu. Der lag heute zum ersten Mal da«, sagte Lissy. »Es ist bestimmt ein magischer Ring, mit dem man zaubern kann.«

Die drei !!! sahen sich ratlos an. Die Geschichte der beiden Mädchen klang ja ziemlich abenteuerlich!
»Bestimmt zaubern Lissys Brüder in dem Keller!«, sagte Anna. Sie nickte und machte ein ernstes Gesicht.
»Ich würde den Zauberkeller gerne mal sehen«, sagte Kim. Sie hob die Hände und flüsterte: »Ich weiß, dass das ein ganz großes Geheimnis ist! Und das bleibt garantiert unter uns.«
»Vielleicht finden Franzi, Kim und ich heraus, welchen Zauber die Jungs dort betreiben«, ergänzte Marie. Sie wechselte einen unauffälligen Blick mit Franzi und Kim.
Lissy überlegte erneut. Dann hielt sie Franzi die Hand hin. »Ich zeige es euch. Aber ihr müsst versprechen, zu schweigen!« Sie schluckte. »Und den Ring brauche ich auch.«
Franzi nickte und schlug ein. »Versprochen!«
Kim übergab Lissy den Ring.
Sie ließ ihn in die Tasche ihrer Jacke gleiten und zog den Reißverschluss sorgfältig zu. »Kommt mit«, raunte sie. »Die Jungs sind noch beim Frühstück. Wir gehen beim Hintereingang rein und dann durch die Waschküche.«
Lissy und Anna liefen in Richtung des schmalen Kieswegs, der zum Haupthaus führte, bogen jedoch schon nach einigen Metern bei einem Holzschuppen ab. Sie rannten an dessen Rückseite weiter und selbst Franzi hatte Mühe, nicht den Anschluss zu verlieren. An den Holzschuppen schloss ein weiteres Nutzgebäude an, dann folgte eine dichte Hecke. Sie endete an der Rückseite des Haupthauses bei einer Außentreppe. Lissy sprang die Treppen hinab und öffnete eine Tür mit Glasfenstern. Sie gelangten durch einen langen Gang weiter in einen gekachelten Raum, in dem zwei

Waschmaschinen und ein großer Trockner standen. Eine Tür befand sich in der Wand links.
Lissy öffnete sie. Vor ihnen war jetzt ein schmaler Flur. Regale, ein Spind und eine halbhohe Kommode standen an der Wand. Die Mädchen liefen zielstrebig zu dem Spind, Anna machte eine Räuberleiter und half Lissy, sich an dem schmalen Schrank hochzuziehen. Lissy tastete kurz auf dem Spind herum. Als sie ihre Hand wieder zurückzog, hielt sie einen Schlüssel darin. In Windeseile schloss sie damit den Spind auf und zog die Tür auf.
Überrascht starrten die drei !!! ins Innere: Dort, wo die Rückwand hätte sein müssen, gähnte eine große schwarze Öffnung!
»Hier geht es runter«, wisperte Lissy. Sie sah sich um und lauschte. Dann zog sie an einer Schnur, die seitlich von der Decke hing. Eine Glühbirne leuchtete auf. In ihrem gelblichen Licht wurde eine steile Treppe, die aus groben Steinquadern gebaut war, sichtbar. Sie führte mehrere Meter steil in die Erde hinab. Lissy hielt sich an der Wand fest und betrat vorsichtig die erste Stufe. »Ihr müsst aufpassen, man kann leicht stolpern!«, wisperte sie den drei !!! über die Schulter zu. Vorsichtig tastete sie sich weiter voran. Mit klopfendem Herzen folgten Kim, Franzi und Marie ihr. Je tiefer sie gelangten, desto kühler wurde es.
Die Stufen endeten an einem schmalen Gang. Er knickte nach mehreren Metern rechtwinklig ab und führte in einen Gewölbekeller, der aus groben, hellen Steinen erbaut war. Zwei Grubenlampen waren an der Decke befestigt. Sie tauchten den hohen Raum in ein geheimnisvolles Licht. Es

gab mehrere Nischen an den Wänden, in denen zierliche Glasgefäße in allen möglichen Formen und Farben standen. Dazwischen gab es kleine Holzkästchen mit silbernen Schließen. Der Boden bestand aus festgestampftem Lehm. Das leise Knirschen ihrer Sohlen darauf hallte an den Wänden wider.

In der Mitte des Raums befand sich eine runde, hüfthohe Mauer aus grob behauenen Steinen. Das Ganze sah aus wie ein altertümlicher Brunnen. Lissy deutete darauf. »Hier sind ganz viele Schätze drin!«

Franzi beugte sich vorsichtig über den Rand. Tatsächlich ging es ziemlich tief hinunter. Bestimmt drei, vier Meter, schätzte sie. Wasser war nicht mehr vorhanden.

»Da unten seid ihr gewesen?«, fragte Marie ungläubig. »Wie habt ihr das geschafft?«

»Heute Morgen stand eine Leiter drin«, antwortete Anna. »Wir sind einfach runtergeklettert.«

Kim seufzte. »Die ist jetzt aber nicht mehr da.«

Franzi blickte sich um. Sie brauchte nicht lange, um die lange Leiter aus Holz zu entdecken, die in einer Nische an der Wand lehnte. Zusammen mit Kim und Marie schaffte sie es, sie bis zu dem Brunnen zu tragen und hinunterzulassen.

Franzi wischte sich die Hände an ihrer Jogginghose ab. »Okay, wer geht als Erste runter?«

»Du!«, sagten Marie und Kim wie aus einem Mund.

Franzi nickte und schwang das rechte Bein über den Brunnenrand.

Im selben Moment erlosch das Licht.

Geister-Alarm!

Lissy und Anna schrien auf. Franzi erstarrte. Sie klammerte sich an den rauen Steinen fest und wagte nicht, sich zu bewegen. Es war stockdunkel, sie konnte sich nicht im Raum orientieren und fürchtete, das Gleichgewicht zu verlieren und in den Brunnen zu stürzen, wenn sie eine falsche Bewegung machte.

»Verdammt!«, erklang Kims Stimme. »Was ist los? «

»Wahrscheinlich ein Stromausfall«, rief Marie.

»Franzi, alles in Ordnung bei dir?«, wollte Kim wissen.

Franzi schluckte. »Ich sitze auf diesem verdammten Brunnenrand und sehe die Hand vor Augen nicht«, rief sie zurück. »Aber sonst alles bestens«, versuchte sie zu witzeln.

Anna wimmerte: »Ich habe Angst!«

»Ich auch!«, wisperte Lissy.

»Keine Sorge!«, rief Franzi und versuchte vollkommen sicher zu klingen. »Das Licht geht bestimmt gleich wieder an.« Sie riss die Augen weit auf und versuchte angestrengt etwas zu erkennen. Doch das war vergebliche Mühe, die Dunkelheit war absolut undurchdringlich.

»Ich versuche, den Ausgang zu finden, und sehe nach, was los ist«, sagte Kim. Leises Knirschen und Schaben war zu hören. Scheinbar tastete sich Kim Schritt für Schritt an der Wand entlang. Plötzlich verstummte das Knirschen. Einige Sekunden lang herrschte eine angespannte Stille.

Kim räusperte sich. »Lissy?«

»Ja?«

»Gibt es hier noch mehr von diesen Brunnen oder Löcher im Boden?«, fragte Kim.
»Nein«, antwortete Lissy mit dünner Stimme. »Ich war schon vier Mal hier. Es gibt nur den großen Brunnen.«
Kim atmete auf. »Okay, dann gehe ich weiter.«
Wieder knirschte es leise. Franzi spürte ihr Herz im schnellen Rhythmus gegen die Rippen klopfen. Sie fühlte sich äußerst unbehaglich und wollte unbedingt wieder mit beiden Beinen auf festem Boden stehen. Ganz vorsichtig verlagerte sie ihr Gewicht nach hinten und ließ sich von der Mauer gleiten. Schnell spürte sie unter ihrem linken Fuß den Boden. Sie hielt sich mit beiden Händen fest und zog vorsichtig das rechte Bein zurück.
Als Franzi mit beiden Füßen endlich wieder sicher stand, durchströmte sie unendliche Erleichterung. Sie atmete tief durch.
»He!«, rief Kim plötzlich. »Da ist ein Licht!«
Franzi wandte den Kopf in die Richtung, aus der Kims Stimme kam. Sofort sah auch sie einen zitternden Lichtschimmer. Er musste von dem Durchbruch kommen, der in den Gang führte.
»Hallo!«, rief Marie. »Ist da jemand?«
Es klickte leise und das Licht erlosch. Gleich darauf erhob sich ein schauriges, lang gezogenes Heulen!
Lissy und Anna fingen sofort an zu kreischen. Franzi lief es eiskalt den Rücken hinunter. Sie blieb mit pochendem Herzen stehen. Was war hier los?
»Wer wagt es, in mein Reich einzudringen?«, rief eine tiefe Stimme.

Jetzt ließ auch Marie einen Schrei los.
»Ich will hier raus!«, schluchzte Anna.
»Keine Panik«, schrie Kim dazwischen.
Dann ging das Licht an.
Franzi starrte auf die schlanke Gestalt in Baggypants und rotem Kapuzenpullover, die wie aus dem Boden gewachsen im Durchbruch stand. Es war der ältere der beiden Brüder von Lissy!
»Was macht ihr hier?«, rief er verärgert. »Ihr habt hier nichts zu suchen!«
Lissy und Anna hielten sich völlig verängstigt in den Armen. Lissy öffnete den Mund und rief ungläubig: »Sven!« Weiter brachte sie keinen Ton heraus. In Annas Augen glitzerten Tränen.
Marie fasste sich als Erste. »Und was machst du hier?! Du hast uns zu Tode erschreckt!«, schrie sie. »Was soll das!« Sie pustete sich wütend eine Haarsträhne aus dem Gesicht, lief zu den beiden kleinen Mädchen und nahm sie in die Arme. »Hier.« Sie reichte Anna ein Taschentuch. »Alles ist gut.«
»Danke!«, sagte Anna mit zittriger Stimme. Sie tupfte sich mit dem Taschentuch über die Augen und putzte sich geräuschvoll die Nase.
Der wütende Gesichtsausdruck des Jungen verschwand plötzlich. Sven biss sich auf die Lippe. »Okay, das war vielleicht etwas zu viel«, murmelte er. »Ich wollte euch ein bisschen erschrecken. Euch eine Lektion erteilen.« Er ließ die Taschenlampe von einer Hand in die andere gleiten.
»Ich fasse es nicht!« Marie schüttelte den Kopf. »*Ein bisschen erschrecken*«, äffte sie den Jungen nach. »Du hast sie ja nicht

mehr alle! Es war stockdunkel! Weißt du, was da alles hätte passieren können?«
Sven nickte. »Gut. Das tut mir leid. Aber ihr habt hier definitiv nichts zu suchen!« Er sah Marie, Kim und Franzi nacheinander an. »Wer seid ihr eigentlich?«
»Du kennst doch Franzi!«, rief Lissy. »Ihr Papa kommt immer zu unseren Tieren. Und Marie und Kim sind ihre Freundinnen.«
Sven zog eine Augenbraue hoch. »Franziska Winkler, die kleine Schwester von Chrissie. Von dir habe ich ja schon viel gehört.«
Franzi verdrehte die Augen. »Das glaube ich«, antwortete sie knapp. Bestimmt hatte Chrissie nur gelästert und falsche Sachen erzählt. Das war nämlich ihre Spezialität. Franzi spürte, wie Wut in ihr hochstieg. Bevor sie jedoch etwas sagen konnte, setzte Kim an: »Ich würde gerne wissen, was das hier für ein Raum ist.« Mit ruhiger Stimme fügte sie hinzu: »Warum ist er so gut getarnt? Warum soll ihn niemand betreten? Es scheint doch einfach ein altes Kellergewölbe zu sein.« Kim verschränkte die Arme vor der Brust und sah Sven ernst an. »Was geht hier vor sich? Verbirgst du hier etwas?«
Der Junge schien überrascht von Kims ruhiger und überlegter Art. Er schluckte. Dann fuhr er sich mit der Hand durch das schwarze, halblange Haar. Er lächelte schief. »Nein. Natürlich nicht. Es ist nur so … dass … dass das hier ein heiliger Ort ist!« Sven strich mit der flachen Hand über die Mauersteine. »Dies ist ein uralter Keller, der zu einem Haus gehört, das vor sehr vielen Jahren mal an dieser Stelle gestanden hat. Unser Vater hat ihn entdeckt, als er vor einiger Zeit

den Keller unter unserem Hof erweitern wollte.« Der Junge wies zu der Nische mit den Glasfläschchen. »Diese Sachen und ein paar andere hat unser Vater hier drin gefunden. Er hat sie mir vor zwei Jahren gezeigt. Er ist überzeugt davon, dass dies ein heiliger Ort ist. Der Schutzgeist des alten Hauses wohnt hier noch immer. Und er beschützt nun das neue Haus und den Hof. Und niemand sollte hierherkommen und den Geist stören! Deshalb hat er den Kellereingang getarnt.«

Kim blinzelte Sven verständnislos an. »Ein *Schutzgeist?*«, wiederholte sie.

Sven nickte. »Unser Vater hat sogar herausbekommen, welcher Geist. Es ist der des heiligen Laurentius. Das war ein Märtyrer, der vor mehr als 1700 Jahren zum Tode verurteilt wurde und in der Nacht des 10. August verbrannt wurde. Seit diesem Tage lebt der Geist hier.« Sven stieß sich von der Wand ab und lief zum Brunnen. »Man sagt, dass der Himmel weinte, als Laurentius starb: Abertausende von Sternschnuppen regneten herab. Das wiederholt sich seit seinem Tod jedes Jahr um die gleiche Zeit.« Sven räusperte sich. »Gestern Nacht war es mal wieder so weit. Da hat der Himmel wieder die Laurentius-Tränen geweint.« Sven beugte sich über die Einfassung und sah nach unten. »Auf jeden Fall ist der Geist immer um seinen Todestag herum besonders aktiv und verteidigt sein heiliges Gewölbe. Wie gesagt, man darf ihn nicht stören.« Er packte die Leiter und zog sie Stück für Stück hoch. »Besonders in der Zeit vor und nach dem 10. August muss man sich vom Keller fernhalten. Vor allem vom Brunnen.«

»Ist er da unten drin?«, fragte Lissy mit belegter Stimme.
»Vielleicht«, antwortete Sven und wuchtete das letzte Stück der Leiter hoch. »Vielleicht ist er aber auch woanders. Das kann keiner so genau sagen.«
»Heute ist der 11. August«, murmelte Anna. »Ich will weg!«
Sven lächelte schief. Er stellte die Leiter in einer Nische an der Wand ab. »Ich habe euch nur einen Vorgeschmack gegeben von dem, was passiert, wenn der heilige Laurentius böse wird. Ich habe es wirklich nur gut gemeint.«
Anna fasste Lissy an der Hand und zog sie mit zu Marie. Dann fasste sie Maries Hand. Während sie Franzi und Kim ansah, rief sie: »Lasst uns ganz schnell gehen!«
Sven nickte. »Das ist das Beste! Und keine von euch kommt jemals wieder hierher, verstanden? Wenn der Geist in Ruhe gelassen wird, passiert überhaupt nichts und alle können ruhig leben!«
Lissy und Anna nickten und zogen Marie mit sich in Richtung des Durchgangs.
»Ach, und Lissy!«, rief Sven seiner Schwester hinterher. »Am besten sagst du Papa nichts. Der regt sich sonst nur auf!«
Lissy drehte sich um und nickte stumm. Dann fasste sie in ihre Jackentasche und zog den Ring mit dem hellblauen Stein hervor. Sie lief zu ihrem Bruder und drückte ihm den Ring in die Hand. »Habe ich hier gefunden. Vielleicht gehört er dem Laurentius.« Schnell rannte sie zu Anna und Marie zurück und zog die beiden weiter zum Ausgang.
Sven blieb der Mund offen stehen. Schweigend betrachtete er den Ring in seiner Hand.
Kim sog scharf die Luft ein. »Krasse Geschichte, das mit dem

heiligen Märtyrer«, sagte sie. »Ich glaube, ich will mit diesem Ort hier lieber auch nichts zu tun haben.«
Franzi sah ihre Freundin verwundert an. Glaubte Kim wirklich diese Geistergeschichte, die ihnen Sven eben aufgetischt hatte?
Kim nickte Franzi unmerklich zu und verdrehte die Augen. »Komm, lass uns gehen«, sagte sie leise. Sie winkte Sven zu. »Danke für die Warnung.«
Der Junge winkte zurück. »Äh … ja, bitte«, stotterte er.

Marie wartete zusammen mit Lissy und Anna am Tisch unter dem Apfelbaum. Die beiden Mädchen waren zwar ein bisschen blass um die Nase, aber sie schienen sich schnell von dem Schrecken im Gewölbekeller erholt zu haben.
»Habt ihr Lust, ins Schwimmbad zu gehen?«, fragte Anna, als Kim und Franzi sich setzten.
Marie schüttelte den Kopf. »Kim, Franzi und ich haben noch was Dringendes zu besprechen.«
»Schade!«, rief Lissy. »Aber kommt ihr heute Nachmittag zum Laurentius-Markt? Ich verkaufe mit meiner Mama Marmelade, Honig und Kuchen an unserem Stand. Ihr bekommt alles kostenlos.«
Marie lächelte. »Danke, das ist nett von dir. Wir sind tatsächlich da. Wir kommen gerne bei euch vorbei.«
»Super, dann bis später!«, rief Lissy und zog Anna mit sich fort.
Franzi schlug sich vor die Stirn. »Stimmt, das mit dem Marktbesuch hatte ich ganz vergessen.« Sie trommelte mit den Fingern auf dem Tisch. »Dann müssen wir uns jetzt aber

wirklich beeilen. Wir wollten doch im Maisfeld nachsehen. Und danach müssen wir eine Besprechung im Schuppen abhalten. Dieser Sven hat sich ja wohl so was von bescheuert verhalten. Der hat was zu verbergen!«

»Absolut«, sagte Kim. »Was für ein Blödsinn, den er von dem Geist erzählt hat! Wenn er glaubt, dass uns das davon abhält, noch mal in den Keller zu gehen, hat er sich schwer getäuscht!«

Marie nickte. »Okay, Leute. Ich schlage vor, dass wir uns jetzt gleich mal das Feld ansehen. Dann gibt es eine heiße Dusche und dann die Besprechung.«

»Und ein kleines Frühstück wäre auch nicht schlecht«, fügte Kim hinzu.

Franzi grinste. »Das lässt sich einrichten.« Sie sprang auf. »Dann mal los zum Ufo-Landeplatz!«

Die Außerirdischen kommen!

»Seht euch das an!«, rief Kim.

Die drei Detektivinnen hatten das Feld mit dem Mais noch gar nicht erreicht. Sie befanden sich erst am Rand des Rapsfeldes, das gleich nebenan lag. Kim stand auf dem Feldweg und stellte sich auf die Zehenspitzen. »Ich glaube, hier ist tatsächlich etwas gelandet!«

Franzi nickte. »Die Pflanzen sind auf einer ziemlich großen Fläche niedergedrückt. Sie ist zu groß, um die Form von hier aus zu erkennen. Man müsste von weiter oben schauen können.«

Marie lief vorsichtig ein Stück in das Rapsfeld hinein und dann auf die platt gedrückte Stelle zu. Sie machte ein paar Schritte. »Es sieht rund aus. Und in der Mitte sind die Pflanzen nicht umgeknickt.« Sie stutzte. »Hier ist noch eine platt gedrückte Spur!« Sie winkte. »Franzi, komm doch mal her und kletter auf meine Schultern! Vielleicht kannst du dann mehr erkennen.«

Franzi lief zu Marie, die sich mit einem abgewinkelten Bein auf den Boden gekniet hatte. Sie nutzte Maries Oberschenkel als Aufstiegshilfe und setzte sich auf ihre Schultern. Ächzend stand Marie auf. »Du bist schwerer, als ich dachte!«

»Und du kräftiger, als ich dachte«, gab Franzi ungerührt zurück. Sie reckte den Hals. Aus der höheren Position konnte sie sehen, dass sich zwei ringförmige Flächen im Feld abzeichneten. Sie waren bestimmt über vier Meter groß und schienen sich teilweise zu überschneiden. Daneben waren weitere Flächen platt gedrückt, die aber keine bestimmte Form zu haben schienen.

Franzi schoss ein paar Bilder mit ihrem Smartphone.

»Bist du bald fertig?«, fragte Marie. Sie schwankte leicht hin und her und Schweißtropfen standen ihr auf der Stirn.

Franzi sprang elegant von ihren Schultern ab.

Marie kreiste mit den Armen und lockerte ihre Schultern.

Franzi zeigte ihren Freundinnen die Fotos.

»Verrückt!«, murmelte Marie. »Genau so stelle ich mir Abdrücke von einem Ufo mit Außerirdischen vor.«

»Es gibt keine Außerirdischen!«, sagte Franzi. »Beziehungsweise: Vielleicht gibt es ja welche. Aber ich glaube nicht, dass die so blöd wären, Galaxien zu durchfliegen, um hier bei uns auf dem Rapsfeld zu landen.«

»Vielleicht fanden sie es interessant«, sagte Marie und grinste schief. »Oder sie mussten notlanden.«

Franzi zuckte mit den Schultern. »Dann müsste das Ufo-Wrack hier noch irgendwo herumstehen.«

»Jetzt mal im Ernst«, sagte Kim. »Ich möchte mir das Maisfeld genauer ansehen. Irgendwas ist hier passiert: Gestern Nacht diese fliegenden Lichter, jetzt die Abdrücke … Ich will wissen, was da los ist!« Sie lief zurück zum Feldweg und steuerte auf das Maisfeld zu.

Franzi und Marie folgten ihr.

»Am besten gehen wir in den Furchen zwischen den Maispflanzen durch. Systematisch, Reihe für Reihe«, rief Kim über die Schulter zurück. »Wir müssen aufpassen, dass wir die Pflanzen nicht beschädigen!«

Franzi zog die Stirn in Falten. »Weißt du, wie groß dieses

Feld ist?«, rief sie Kim nach. »Wir brauchen ja Tage, um hier alles abzusuchen.«
Kim drehte sich zu Franzi um und zuckte mit den Schultern. »Aber wie willst du es denn sonst machen?«
»Was ist das für ein komisches Geräusch«, fragte Marie plötzlich. Sie sah sich ängstlich um. »Das klingt wie ein Schwarm Hornissen!«
»Pass auf!«, schrie Franzi im gleichen Augenblick. Sie hatte einen Schatten gesehen, der vom Himmel heruntergestürzt kam und sich Kim gefährlich näherte.
Ein lautes Sirren ertönte. Kim duckte sich. Keine Sekunde zu früh! Ein Flugobjekt mit mehreren Propellern sauste nur wenige Zentimeter über ihren Kopf hinweg und zog dann in einem scharfen Bogen in den Himmel zurück.
»Verdammt«, schrie Marie. »Ein Ufo! Die Außerirdischen greifen an.«
»Wie bitte?« Kim stand wie zur Salzsäule erstarrt da. Sie war ganz weiß im Gesicht.
»Quatsch«, schrie Franzi. »Das ist eine Drohne. So ein Multikopter. Stefan hat auch so einen, nur ein bisschen kleiner. Die kann man wie ein Modellflugzeug fliegen lassen.«
»Achtung«, rief Marie. »Das Ding kommt zurück!«
Wieder ertönte das unheimliche Summen wie von tausend Hornissen.
»Da ist eine zweite!«, rief Franzi. »Ich glaube, sie kommt direkt auf uns zu.« Tatsächlich steuerten jetzt zwei Drohnen im Sturzflug auf die Mädchen zu. Die Rotorflügel blitzten in der Sonne auf. Das Geräusch wurde lauter. Marie packte Kim an der Hand und zog sie in das Maisfeld, Franzi hech-

tete hinterher. Sie rannten panisch weiter, um zwischen den Maispflanzen Schutz zu suchen. Die scharfen Blattränder schnitten Franzi in die Arme, aber sie spürte es nicht. Sie sah nach oben. Die Drohnen flogen eine enge Kurve und hielten direkt auf sie zu! Marie und Kim warfen sich zu Boden und robbten, so nahe es ging, an eine besonders große Maispflanze heran. »Die verfolgen uns!«, schrie Marie. »Ich fasse es nicht. Was soll das?!«

»Keine Ahnung«, rief Franzi zurück. Sie duckte sich und zog ein paar Blätter über sich.

Die Multikopter stiegen wieder in die Höhe und blieben dicht nebeneinander am Himmel stehen. Franzi zog fröstelnd die Schultern hoch. Es sah so aus, als würden die Drohnen sie beobachten und nur darauf warten, sich endlich auf sie stürzen zu können.

Auf einmal sackte eines der Fluggeräte mehrere Meter herunter. Es kreiste über der Stelle, an der Kim und Marie lagen.

Franzi spürte plötzlich eine unbändige Wut in sich aufsteigen. Wer erlaubte es sich gerade, sie so in Angst und Schrecken zu versetzen? Ihr wurde es nacheinander heiß und kalt. Sie tastete den Erdboden ab, fand einen großen Klumpen getrockneten Lehms und schloss die Finger darum. Franzi atmete tief durch, rappelte sich hoch, bog die Pflanzenstängel an ihrer Seite weg und richtete sich auf. Mit hocherhobenem Kopf starrte sie in den Himmel. »Komm her, du Mistvieh«, zischte sie.

»Bist du verrückt!«, schrie Marie. »Duck dich!«

Die Drohne über Kim und Marie drehte plötzlich ab und

hielt genau auf Franzi zu! Franzi hob die Hand mit dem Erdklumpen hoch über ihren Kopf. Der Multikopter kam schnell näher. Als er in Wurfnähe war, konzentrierte sich Franzi, spannte ihren Arm an, zielte und holte aus. Mit hartem Schwung schleuderte sie den Brocken in die Luft. Franzi hielt den Atem an. Eine Zehntelsekunde später gab es einen lauten Schlag. Sie hatte getroffen! Erde spritzte durch die Luft, als die Rotorflügel den Lehmklumpen durchschnitten und zerbröselten. Dann ertönte ein lauter Knall. Die Drohne fiel wie ein Stein vom Himmel. Sie krachte unweit von Kim und Marie ins Maisfeld. Augenblicklich drehte der zweite Multikopter scharf ab und raste davon.

Franzi hechtete zu ihren Freundinnen. »Alles klar bei euch?«

Kim nickte stumm. Sie wischte sich mit zitternder Hand einen Erdkrümel aus dem Gesicht.

»Das war filmreif«, presste Marie hervor. »Große Klasse, Franzi. Danke!«

Franzi winkte ab. »Irgendwie musste man ja diesem Spuk ein Ende bereiten.«

Sie lauschten und sahen sich vorsichtig um. Außer dem Vogelgezwitscher und dem leisen Rascheln der Maisblätter im Wind war nichts zu hören. Die zweite Drohne war verschwunden.

»Mist«, sagte Marie. »Wir hätten sie verfolgen sollen. Dann wüssten wir, wo sie gelandet ist und welcher Idiot sie gesteuert hat.«

»Man kann nicht alles haben«, antwortete Franzi. »Los, lasst uns den abgestürzten Multikopter suchen.«

Sie fanden die Drohne einige Meter weiter knapp über dem

Erdboden in einer Maispflanze hängend. Die Propeller waren verbogen, aber ansonsten sah das Fluggerät unversehrt aus. Franzi zog es vorsichtig zwischen den Blättern hervor.
»Die ist ja gar nicht mal so groß«, stellte Kim fest. »In der Panik vorhin kam sie mir riesig vor.«
Franzi war ebenfalls erstaunt. Der Multikopter hatte einen Durchmesser von vielleicht vierzig Zentimetern. Es war schon erstaunlich, dass er so ein lautes Geräusch machen konnte.
»Das Ding hat eine Kamera«, stellte Marie fest.
»Wollte uns da etwa jemand fotografieren?«, fragte Franzi.
Kim zog die Stirn in Falten. »Bei den Flugmanövern kann ich mir das nicht vorstellen. Da verwackelt doch alles.«
»Und vor allem: Warum sollte das jemand machen?«, sagte Marie.
Kim betrachtete die Unterseite der Drohne. »Hier ist eine Speicherkarte drin.« Sie sah ihre Freundinnen an. »Die müssen wir auslesen. Dann wissen wir mehr!«
Franzi sprang auf und packte sich den Multikopter unter den Arm. »Kommt, das machen wir gleich bei mir zu Hause!«

Eine Viertelstunde später saßen die drei Detektivinnen am Tisch im Pferdeschuppen vor Franzis Laptop.
Kim verzog den Mund. »Ich glaube, die Karte ist kaputt. Der Computer erkennt sie, aber ich kann sie nicht öffnen.« Missmutig klickte sie erneut und schüttelte dann den Kopf. »Da tut sich nichts!«
»Lass mich mal versuchen«, sagte Marie.
In dem Moment klopfte es an der Tür. Eine weibliche Stim-

me erklang: »Seid ihr da drin? Ich habe Frühstück mitgebracht!«

»Das nenne ich Service«, sagte Franzi und grinste.

Kim sprang auf und lief zur Tür. »Ein super Service! Ich sterbe vor Hunger.« Sie riss die Tür auf.

Franzis Mutter stand da, hielt einen vollgepackten Korb in der Hand und lächelte. »Guten Morgen, meine Lieben! Ich wollte euch das Frühstück zum Hängebett bringen, aber da wart ihr nicht mehr.« Sie schüttelte den Kopf. »Ihr habt doch Ferien! Ich dachte, ihr schlaft mal aus und geht den Tag ganz gemütlich an.«

»Guten Morgen, Frau Winkler!«, rief Kim. »Ausschlafen bei dem herrlichen Wetter geht doch gar nicht!« Sie zwinkerte Franzi und Marie zu. »Wir haben, hm, ein bisschen Frühsport gemacht.«

Franzi nickte. »Wir sind um die Felder gejoggt. War super.«

Die drei !!! sahen sich verschwörerisch an. Es war ein ungeschriebenes Gesetz in ihrem Detektivclub, dass sie Außenstehenden nichts über laufende Ermittlungen verrieten.

Frau Winkler zog eine Augenbraue hoch. »Es sieht eher so aus, als hättet ihr euch quer durch die Felder gewälzt.«

Kim sah an sich herunter. Ihre Jogginghose und der Pulli trugen deutliche Erdspuren an Knien und Ellenbogen. Sie zupfte an ihrem Ärmel und grinste schief. »Ich bin gestolpert. Aber keine Sorge, es ist nichts passiert.«

»Da bin ich aber froh!« Frau Winkler sah skeptisch drein, aber sie fragte nicht weiter nach. Sie reichte Kim den Korb. »Dann könnt ihr euch jetzt mal ein bisschen stärken: Birchermüsli mit Erdbeeren, Croissants, Obstsalat, belegte Brötchen und ein paar Waldmeisterschnitten von meiner gestrigen Produktion. Und eine Kanne Kakao. Ich hoffe, es schmeckt euch!«

»Vielen Dank!«, rief Kim und nahm den Korb entgegen. Sie leckte sich über die Lippen. »Das wird ein köstliches Frühstück!«

»Danke, Mama!«, rief Franzi, und Marie strahlte Frau Winkler an.

»Gerne!«, antwortete Franzis Mutter. »Falls ihr noch etwas braucht, sagt Bescheid.« Sie sah auf ihre Armbanduhr und nickte Franzi zu. »Ich bin die nächste Stunde mit Papa im Glashaus. Danach findet ihr mich in meiner Backstube!«

Franzi machte ein erstauntes Gesicht. »Meinst du das alte Gewächshaus hinten im Obstgarten? Was wollt ihr denn da?«

Frau Winkler lächelte verschmitzt. »Sagen wir mal so: *Ich* will dort mein neues Hofcafé einrichten. Und ich werde hoffentlich deinen Vater davon überzeugen können, dass das eine grandiose Idee ist.«

»Ich drücke die Daumen!«, sagte Franzi.

»Danke, mein Schatz! Also, macht's gut, ihr drei!« Frau Winkler winkte und zog die Schuppentür hinter sich zu.

Kim trug den Korb zum Tisch und sie packten die Sachen aus.

»Deine Mutter lässt also nicht locker!«, sagte Marie, während sie drei kleine Weckgläser mit Müsli hinstellte. »Finde ich gut!«

Franzi zuckte mit den Schultern. »Ja, ich glaube auch, dass das mit einem Hofcafé gut funktionieren würde. Aber mein

Vater ist immer noch dagegen. Er fürchtet, dass alles nur viel Geld kostet, aber keiner kommt.«

Kim verteilte Teller und Besteck auf dem Tisch. »Deine Mutter hat so viel Erfolg mit ihrem Kuchen-Lieferservice. Die Leute wissen, dass sie eine supergute Bäckerin ist. Die kommen garantiert in Scharen angelaufen, um hier gemütlich Kuchen zu essen und Kaffee zu trinken.«

Marie nickte. »Das glaube ich auch! Und das mit dem alten Gewächshaus klingt spannend. Das ist ein toller Ort für ein Café.«

Franzi füllte drei Becher mit duftender heißer Schokolade. »Lassen wir uns überraschen.« Sie schob Kim und Marie die Becher hin. »Die Erwachsenen machen sowieso, was sie wollen. Wir sollten uns lieber um unsere Sachen kümmern!«

»Du hast recht«, sagte Kim und biss genussvoll in ein Käse-Schinken-Brötchen. Sie schielte zu dem Multikopter, der unter dem Tisch lag. »Jetzt stärken wir uns erst mal, dann sehen wir weiter.«

Mehr als merkwürdig …

Marie kratzte den letzten Rest aus ihrem Mini-Weckglas und schleckte genüsslich den Löffel ab. »Oberlecker!«, nuschelte sie. »Ich habe noch nie ein so gutes Birchermüsli gegessen. Deine Mutter muss unbedingt auch Frühstück in ihrem Café anbieten!«

Franzi lächelte. »Ich sag's ihr.«

Kim betrachtete währenddessen nachdenklich die Drohne. Sie hatte sie unter dem Tisch hervorgeholt und neben ihrem Teller auf den Tisch gelegt. Ein Propeller war stark verbogen und haftete an der Unterseite des Multikopters. Kim runzelte die Stirn. »Da klebt was, unter dem Propeller.«

»Wo?«, fragte Marie und beugte sich zu Kim rüber.

»Hier«, sagte Kim. Sie bog das Metallteil hoch. »Das ist ein Aufkleber mit einer Adresse!«

Franzi schob ihre Schale mit Obstsalat zur Seite und beugte sich zu Kim. »Lass mal sehen.« Sie kniff die Augen zusammen und entzifferte die winzigen Buchstaben. Eine Falte erschien auf ihrer Stirn. »Die Drohne gehört der Fachhochschule«, murmelte sie. »*Fachbereich Informations- und Elektrotechnik*. Eine Handynummer steht auch da.«

Marie schlug mit der flachen Hand auf den Tisch. »Das gibt's ja wohl nicht! Macht die FH jetzt Jagd auf unschuldige Menschen?«

Kim trommelte mit den Fingern auf dem Tisch. »Ich rufe dort an!« Sie holte ihr Handy aus dem Rucksack und wählte die Nummer.

»Es sind Semesterferien«, sagte Franzi. »Ich glaube nicht, dass jemand rangeht.«

»Hallo!«, sagte Kim im selben Augenblick. Sie warf Franzi und Marie einen triumphierenden Blick zu. »Guten Tag, hier ist Kim Jülich. Ich habe Ihre Telefonnummer auf einer Drohne gefunden.«

Offensichtlich verstand der Gesprächspartner nicht sofort. Kim wiederholte: »Eine Drohne, so ein Multikopter zum Fernsteuern.« Kim lauschte und nickte. Dann räusperte sie sich. »Wir könnten das Gerät doch einfach vorbeibringen.« Wieder lauschte sie. »Gut, wir sind in einer Stunde bei Ihnen. Zimmer 313, alles klar. Auf Wiederhören.« Sie drückte das Gespräch weg und legte das Handy auf den Tisch. »Das war Thomas Tauber, der Leiter einer Forschungsgruppe. Irgendwas mit ›Multikopter für den Wildschutz‹ – ich habe es nicht so ganz verstanden. Ist ja auch egal. Der Mann hatte noch gar nicht bemerkt, dass zwei Multikopter fehlen, und ist aus allen Wolken gefallen.«

»Er könnte seine Überraschung auch nur gespielt haben«, gab Marie zu bedenken. »Vielleicht hat *er* die Drohnen auf uns gejagt!«

Kim nickte. »Könnte natürlich sein. Allerdings wäre der Mann dann ein sehr guter Schauspieler. Er hat zuerst gar nicht verstanden, wovon ich rede, und hat völlig verwirrt nachgefragt.«

»Das werden wir ja gleich sehen«, sagte Franzi und stand auf. Sie holte eine große Tasche aus dem Regal und verstaute die Drohne darin. »Von mir aus können wir!«

Marie sah Franzi fassungslos an. Sie schüttelte den Kopf.

»Sorry, Leute. Aber so gehe ich bestimmt nicht raus!« Sie zupfte an ihrer Trainingshose und fuhr sich durch die Haare. »Ich muss erst duschen und mich umziehen.«
Franzi seufzte. »Das war ja klar.«
»Zähne putzen fände ich jetzt auch nicht so schlecht«, sagte Kim. »Komm schon, Franzi, zehn Minuten sind doch drin.«
Marie riss die Augen auf. »Zehn Minuten?«, rief sie. »Du spinnst. Ich brauche minimal eine halbe Stunde – Föhnen und Glätteisen nicht mitgezählt.« Sie schnappte sich ihren Rucksack und zog den Waschbeutel hervor. »Leute, bitte!«
Kim und Franzi grinsten sich an. »Ist schon gut«, sagte Franzi. Sie deutete eine Verbeugung an. »Du kannst als Erste ins Bad. Den Weg kennst du ja.«
»Danke!« Marie strahlte Franzi zufrieden an und machte, dass sie zur Tür hinauskam.

Eine Dreiviertelstunde später standen die drei Detektivinnen auf dem Hof der Fachhochschule. Sie befand sich auf einem ehemaligen Fabrikgelände in der Nähe des Bahnhofs. Die restaurierten Klinkerbauten leuchteten in der Vormittagssonne.
Kim wischte sich ein paar Schweißperlen von der Stirn. Franzi klopfte ihr auf die Schulter. »Respekt. Du bist gefahren wie der Teufel.« Sie zog die Tasche mit der Drohne vom Gepäckträger ihres Fahrrads und warf sie sich über die Schulter.
»Hm«, machte Kim. Sie war immer noch etwas außer Puste und beugte sich vor. Die Hände in die Knie gestützt, atmete sie tief ein und aus. Sie richtete sich wieder auf und grinste

Franzi an. »Heute habe ich mich von euch Sportskanonen mal nicht abhängen lassen!«

»Stimmt!« Marie zog einen Taschenspiegel aus der Hose. »Du hast in der letzten Zeit eine viel bessere Kondition bekommen!«

Kim strahlte. »Danke!«

Plötzlich stieß Marie einen spitzen Schrei aus.

Kim zuckte zusammen. »Was ist?«

»Warum sagt mir das keiner?«, fragte Marie. Sie starrte empört in den Spiegel und zupfte hektisch an ihrem Pony herum.

»Was?«, fragten Franzi und Kim wie aus einem Mund.

»Meine Haare! Die sehen schrecklich aus!« Marie entwirrte eine Strähne und kämmte sie mit den Fingern durch. Das Ergebnis schien sie nicht zufriedenzustellen. Sie kramte in ihrem Matchbeutel und zog eine Haarbürste daraus hervor. »Ich sehe aus wie ein Zottelbär. Nur, weil ich keine Zeit zum Föhnen hatte!«

Franzi schüttelte den Kopf. »Ich weiß nicht, was du hast. Da stehen gerade mal zwei Haare ab.«

»*Zwei*?! Ich lach mich tot. Die ganze Frisur ist ruiniert!« Marie glättete ihre Ponysträhnen mit ein paar energischen Bürstenstrichen. Sie warf Franzi einen vorwurfsvollen Blick zu, sagte aber weiter nichts.

»Können wir dann?«, rief Kim. Sie war bereits einige Schritte zum Hauptgebäude der FH vorgelaufen. Marie warf einen letzten Blick in den Spiegel, nickte und ließ die Bürste zurück in ihre Tasche fallen. »Ich bin so weit!«

Die drei Detektivinnen sprangen die breite Treppe zum

Hauptgebäude der FH hoch. »Zimmer 313, wir müssen in den dritten Stock«, sagte Kim. Obwohl Semesterferien waren, liefen etliche Studenten durch das Treppenhaus und über die Flure.

»Wahrscheinlich halten die Dozenten Feriensprechstunden ab«, mutmaßte Franzi. »Stefan war letzte Woche auch bei seinem Prof an der Uni.«

Im Flur des dritten Stocks angekommen, orientierten sie sich kurz. Die Wandflächen zwischen den gut dreißig Türen waren mit schwarzen Tafeln behängt, auf denen Semesterpläne, Sprechzeiten und Namenslisten klebten. Kim entdeckte einen Lageplan des Stockwerks.

»Zimmer 313 ist gleich neben dem Sekretariat«, sagte sie. »Wir müssen nach links.«

Die Tür stand offen. Ein ungefähr dreißigjähriger Mann mit kurzen dunkelblonden Haaren und einer Brille mit schwarzem Gestell saß hinter einem Schreibtisch, auf dem sich neben einem großen Monitor Bücher, Zeitschriften, Aktenordner und Hefter in verschieden hohen Stapeln türmten. Der Mann sah konzentriert auf einen Monitor und tippte rasend schnell auf einer Tastatur. Kim klopfte gegen den Türrahmen und räusperte sich. »Hallo!«

Der Mann hörte zu tippen auf, ließ aber seine Hände dicht über der Tastatur. Er sah die drei Mädchen zerstreut an. »Ja, bitte?«

»Herr Tauber?«

Der Mann nickte. »Ja. Das bin ich.«

»Wir haben vorhin telefoniert«, sagte Kim. »Es geht um die Drohne.« Sie zog den Multikopter aus der Tasche.

Sofort erschien ein freundlicher Ausdruck auf dem Gesicht des Mannes. Er stand auf und gab den drei Mädchen die Hand. »Guten Tag! Vielen Dank, dass ihr so schnell gekommen seid.« Er erkannte die Drohne auf den ersten Blick. »Eindeutig. Das Gerät gehört zum Inventar meiner Forschungsgruppe.« Er fuhr mit dem Zeigefinger über den verbogenen Propeller. »Wo habt ihr es gefunden?«

Er räumte drei Stühle frei und bot den Detektivinnen an, Platz zu nehmen. Kim setzte sich. »Das ist eine etwas längere Geschichte. Genau genommen haben wir die Drohne nämlich nicht nur gefunden …«

»Sie hat uns verfolgt, als wir draußen bei den Feldern waren«, ergänzte Franzi. »Zusammen mit einer weiteren Drohne. Die ist aber entkommen.«

Thomas Tauber riss die Augen auf. »Wie bitte?«

Marie nickte. »Sie haben uns in ein Maisfeld gejagt und sind immer wieder gefährlich nah an uns herangekommen. Ich weiß nicht, was passiert wäre, wenn Franzi nicht –« Marie schluckte. »Also, wenn Franzi sie nicht mit dem Erdbrocken runtergeholt hätte.«

Tauber schüttelte den Kopf. »Ich kann mir das nicht erklären. Diese Drohne war eigentlich im Labor eingeschlossen. Zusammen mit den andere Modellen.«

»Wer besitzt alles einen Schlüssel?«, fragte Kim.

»Ich und das Team, das an dem Wildtierschutz-Projekt arbeitet.« Tauber zuckte mit den Schultern. »Das sind zehn Studentinnen und Studenten, denen ich absolut vertraue. Sie würden niemals solch einen Unsinn mit einer der Drohnen veranstalten!«

Kim nickte schweigend.
»Ich verspreche euch, ich werde der Sache mit äußerstem Druck nachgehen!«, sagte Thomas Tauber. »Es tut mir wirklich sehr leid, dass ihr solche Unannehmlichkeiten hattet!«
»Haben Sie schon im Labor nachgesehen, ob weitere Drohnen oder etwas anderes fehlt?«, fragte Marie.
Der Dozent schüttelte den Kopf. »Nein, dazu bin ich noch nicht gekommen.« Er wies zum Schreibtisch. »Ich beantrage gerade mit meiner Kollegin zusammen Fördergelder für ein Forschungsprojekt. Wir müssen die Unterlagen spätestens heute Abend übersenden.« Er seufzte. »Wir sitzen seit heute Morgen sieben Uhr dran.«
Wie auf Kommando streckte eine blonde junge Frau den Kopf zur Tür herein. »Hast du die Statistiken für das dritte und vierte Quartal schon?«
Tauber nickte. »Gleich fertig. Ich muss nur noch die Grafik erstellen.«
Die blonde Frau nickte hektisch. »Super.« Dann musterte sie die drei !!! neugierig. »Seid ihr Studentinnen? Ich habe euch noch nie hier gesehen.«
Kim schüttelte den Kopf. »Nein, wir sind wegen der Drohne hier.«
»Ach, dann habt ihr vorhin Thomas angerufen«, sagte die Frau.
Franzi nickte. »Arbeiten Sie auch an diesem Forschungsprojekt zum, äh, Wildschutz mit?«
»Nein. Das ist ganz alleine Thomas' Ding!« Die Frau lächelte. »Entschuldigt mich bitte, ich muss wieder an meinen Schreibtisch!«

Marie nickte. »Sind Sie auch schon seit sieben Uhr hier?«
Die blonde Frau seufzte. »Allerdings.« Sie sah auf ihre Armbanduhr. »Wir sitzen jetzt seit sechs Stunden ununterbrochen hier drin.« Sie sah bedauernd zum Fenster hinaus. »Und das bei dem herrlichen Wetter.«
Thomas Tauber zuckte mit den Schultern. »Hoffen wir, dass sich unser Einsatz lohnt!«
»Bestimmt!«, sagte die junge Frau. Sie verabschiedete sich von den drei !!! und eilte in das gegenüberliegende Zimmer zurück.
Kim räusperte sich. »Auch wenn Sie gerade Stress haben – ich hätte noch eine Frage.«
Thomas Tauber nickte. »Klar, nur zu!« Er setzte sich hinter seinen Schreibtisch.
»Was ist das genau für ein Projekt mit den Drohnen und dem Wildschutz?«
Der Dozent schob die Tastatur ein Stück zur Seite und verschränkte die Finger ineinander. »Wir arbeiten an einem System, mit dem per Multikoptern mit Wärmebildkameras Felder überflogen werden. Dabei werden Kitze und andere Wildtiere, die sich darin verstecken, geortet.«
»Genial!«, rief Franzi sofort. Sie sah den Dozenten begeistert an. »Und funktioniert es?«
Thomas Tauber lächelte. »Wir sind schon sehr weit. Die erste Wächter-Drohne soll in zwei Wochen zum Einsatz kommen.«
Kim und Marie sahen ratlos drein. »Ich muss gestehen, dass ich den Zusammenhang noch nicht verstanden habe«, sagte Marie.

»Das ist doch klar!«, sagte Franzi. »Jedes Jahr im Spätsommer und Herbst sterben unendlich viele kleine Rehe und andere Waldtiere, weil sie von Erntemaschinen überfahren werden. Die Tiere verstecken sich im hohen Gras oder in den Maisfeldern und die Bauern sehen sie manchmal nicht rechtzeitig. Besonders Kitze sind gefährdet, weil sie nicht wegrennen, sondern sich bei Gefahr ganz klein machen und auf der Stelle liegen bleiben.« Auf Franzis Stirn bildete sich eine Falte. »Es ist wirklich schrecklich, was da passieren kann. Der Jägerverband hilft den Bauern zwar, indem er Leute kurz vor der Ernte durch die Felder laufen lässt. Die versuchen dann die Tiere wegzubringen. Aber das ist total mühsam und dauert zu lange. Mit so einer Drohne schafft man ein Feld bestimmt in kürzester Zeit.«

Tauber nickte. »Ich hätte es nicht besser erklären können.«

»Das ist aber ein ganz tolles Projekt!«, sagte Kim.

Marie nickte. »Das finde ich auch! Allerdings scheint heute etwas aus dem Ruder gelaufen zu sein. Nach einem Suchflug für Wildtiere sah das heute Morgen wirklich nicht aus!«

Thomas Tauber biss sich auf die Lippe. »Zumal diese beiden Drohnen, wie ich schon sagte, alte Vorläufermodelle sind, die wir gar nicht mehr verwenden. Sie haben keine Wärmebildkameras, sondern normale Kameras mit FPV-Technik installiert. Damit kann man Bilder, die die Kamera im Flug macht, in Echtzeit auf einen Laptop oder eine Videobrille holen – aber die sind sehr ungenau. Der fertige Prototyp mit der Wärmebildkamera ist um einiges präziser.« Er schüttelte den Kopf. »Außerdem sollen die nächsten Versuchsflüge erst nach den Semesterferien stattfinden.«

»Das Ganze ist doch mehr als merkwürdig«, murmelte Kim.

»Allerdings!«, sagte Tauber. »Aber wie gesagt, ich verspreche euch, dass ich die Angelegenheit aufklären werde und sich die- oder derjenige, der euch so einen Schrecken eingejagt hat, entschuldigen wird. Ich kümmere mich gleich heute Abend darum beziehungsweise spätestens morgen.« Er warf einen nervösen Blick auf den Monitor. »Jetzt aber müsste ich hier langsam mal weitermachen. Ich hoffe, ihr könnt das verstehen.«

Franzi schüttelte unmerklich den Kopf und warf Kim einen fragenden Blick zu. Was sollten sie jetzt machen?

»Welche Studenten sind denn in der Projektgruppe?«, fragte Kim geradeheraus. »Also, ich meine, in welchem Semester sind sie?«

Thomas Tauber strich mit dem Finger über die Tischplatte. »Es ist ein interdisziplinäres Projekt, das heißt, die Studenten stammen aus verschiedenen Fachbereichen: Technik, Elektronik, Informatik. Und sie sind in unterschiedlichen Semestern. Das geht vom Erstsemester bis zu Leuten, die kurz vor ihrem Abschluss stehen.«

»Könnten Sie uns eine Liste mit den Kontaktdaten geben?«, fragte Kim.

»Tut mir leid«, sagte Tauber. Er schüttelte den Kopf. »Das geht auf keinen Fall. Bitte versteht das. Es gibt schließlich Datenschutz!«

Franzi zupfte verärgert an einem ihrer Zöpfe. Nein, das verstand sie ganz und gar nicht.

»Gut«, sagte Kim und lächelte den Dozenten an. »Dann verlassen wir uns auf Sie. Meine Handynummer haben Sie ja.«

Franzi und Marie sahen Kim irritiert an.
»Kommt, wir gehen«, sagte Kim ungerührt.
»Aber …«, setzte Marie an.
Kim warf ihr einen bedeutungsvollen Blick zu, schnappte sich ihren Rucksack und stand auf.
Thomas Tauber nickte. »Ich melde mich, auf Wiedersehen dann!«
Kim zog Franzi und Marie mit sich aus dem Zimmer.
Als sie die Tür geschlossen hatte, zischte Franzi: »Wieso hast du klein beigegeben?«
»Weil mir das alles zu zäh war«, antwortete Kim. »Und wenn mich nicht alles täuscht, brauchen wir seine Hilfe überhaupt nicht.« Sie lief zur Tür des Sekretariats und betrachtete das Schwarze Brett daneben.
Eine Weile suchte sie, dann stieß sie einen Pfiff aus. »Hab ich's mir doch gedacht!«

Schaut euch das mal an!

Kim tippte auf ein Blatt und las vor: »*Semesterübergreifendes Projekt: Wildschutz mittels Wärmebildkamera-Drohnen. Leitung: Dr.-Ing. Thomas Tauber, in Kooperation mit dem Jäger- und Forstverband.*«

»Da stehen die Teilnehmer drunter!«, rief Franzi. »Du bist genial, Kim!«

Kim zog ihr Smartphone aus der Hosentasche. Während sie die Liste abfotografierte, murmelte sie: »Ich hab halt einfach Augen im Kopf.« Dann seufzte sie. »Es stehen keine Kontaktdaten dabei, Mist.«

»Die finden wir heraus«, rief Franzi. »Und dann gehen wir alle zehn Teilnehmer durch!«

Kim nickte abwesend. Ihr Blick ruhte immer noch auf der Liste. »Franzi, wie heißen Lissy und ihre Brüder noch mal mit Nachnamen?«

»Olbricht«, antwortete Franzi.

Kim steckte ihre Hände in die Taschen ihrer Jeans und verzog den Mund. »Schaut euch das mal an! Der vorletzte Teilnehmer auf der Liste ist …«

»Olbricht, Sven!«, quietschte Marie. »Na, das ist ja mal ein Zufall!«

»Der Typ interessiert sich also nicht nur für Kellergeister, sondern auch für Drohnen«, murmelte Kim.

Franzi stemmte die Hände in die Seiten. »Garantiert hat er die Multikopter auf uns gehetzt! Den knöpfen wir uns vor!«

»Allerdings.« Maries Wangen waren vor Wut gerötet. »Erst

die Show im Keller und dann die Jagd auf den Feldern. Der will uns doch von irgendetwas fernhalten!«
Kim nickte. »Da ist etwas oberfaul! Wir fahren jetzt gleich zum Olbricht-Hof!«
Franzi sah auf ihre Armbanduhr und runzelte die Stirn. »Schon kurz vor eins!« Sie zog ihr Handy aus der Hosentasche. »Ich sage meiner Mutter nur schnell Bescheid, dass wir nicht zum Mittagessen kommen!«

Die Mädchen erreichten den Stadtrand in Rekordzeit. Gleich hinter der Bushaltestelle an der Hauptstraße bog Franzi in einen schmalen Waldweg ein. »Hier gibt es eine Abkürzung zum Hof der Olbrichts!«, rief sie über die Schulter und trat heftig in die Pedale. Marie und Kim folgten. Die Sonne stand hoch an einem wolkenlosen, blauen Himmel und die Temperatur war mehr als sommerlich, obwohl das Blätterdach der Bäume Schatten spendete.
Nach wenigen Minuten Fahrt endete der Waldweg und ging in einen Schotterweg über. In rund hundert Metern Entfernung waren die Raps- und Maisfelder zu sehen. Dahinter erhob sich das Gehöft der Familie Olbricht und in einiger Entfernung der Hof des Hühnerbauern Ahlers. Franzi stoppte abrupt. Über dem Maisfeld schwebte eine Drohne!
»Spinnst du?«, rief Marie. Sie konnte ihr Rad gerade noch abbremsen und es kam schlingernd zehn Zentimeter hinter Franzi zum Stehen. »Warum hältst du so plötzlich an?«
»Was ist denn los?«, wollte Kim wissen.
Franzi deutete in den Himmel über dem Maisfeld. »Das ist doch wohl nicht zu fassen!«

Jetzt entdeckten auch Kim und Marie die Drohne. Sie starrten mit offenen Mündern nach oben. Franzi legte ihr Rad im Gras ab und duckte sich. Sie bedeutete Marie und Kim, das Gleiche zu tun. Dann zischte sie: »Dahinten bei den drei Birken, ich glaube, da stehen zwei Gestalten!«

Marie nickte. »Ja! Und es sieht so aus, als hätte die größere eine Fernsteuerung in den Händen.«

Die drei Detektivinnen fackelten nicht lange: Sie robbten im Sichtschutz der hohen Gräser bis auf wenige Meter an die Birken heran.

»Es ist tatsächlich Sven«, flüsterte Franzi. »Der Typ daneben ist, glaube ich, sein Bruder Lukas.«

»Okay«, murmelte Kim. »Dann sagen wir ihnen doch mal Guten Tag!«

Die beiden Jungen wurden von den drei wie aus dem Nichts auftauchenden Mädchen völlig überrascht. Sven ließ vor Schreck beinahe das Tablet fallen, das ihm offensichtlich zur Steuerung der Drohne diente. Das Fluggerät kam ins Schlingern. »Vorsicht, er schmiert ab«, rief der andere Junge. Er war einen Kopf kleiner als Sven und hatte ebenfalls schwarze Haare.

Sven tippte hektisch auf dem Tablet herum und der Flug der Drohne stabilisierte sich. Er tippte weiter. Der Multikopter schwebte auf ihn zu und sank vor ihm zu Boden.

»Seid ihr verrückt!«, schrie Sven. »Warum lauert ihr uns hier auf und erschreckt uns? Die Dinger sind teuer! Reicht es nicht, dass ihr schon eine Drohne kaputt gemacht und sogar geklaut habt?«

»Moment mal!«, schrie Franzi. »Wer hat hier denn wen zuerst erschreckt? Ihr habt uns heute Morgen ja wohl mit den Dingern verfolgt! Wir mussten die Drohne unschädlich machen und haben sie mitgenommen, um sie zu untersuchen!«

Sven steckte das Tablet in seine Umhängetasche. Er hob abwehrend die Arme. »Mal langsam! Wir machen hier Übungsflüge. Das Steuerprogramm muss noch optimiert werden.« Er grinste schief. »Die Drohnen reagieren noch nicht optimal. Es tut mir leid, wenn ihr Angst hattet.«

Franzi verzog den Mund. »Da ist wirklich noch eine Menge zu *optimieren.* Die Dinger sind ja gemeingefährlich herumgeflogen.« Sie schnaubte. »Und rein zufälligerweise immer hinter uns her!«

Die beiden Jungen zuckten mit den Schultern. »Ja, das ist wirklich ein blöder Zufall gewesen«, stellte Sven nüchtern fest. Sein jüngerer Bruder schwieg.

Kim schüttelte den Kopf. »Jungs, irgendetwas stimmt hier doch nicht!« Sie stemmte die Arme in die Seiten. »Wir wollen jetzt sofort wissen, was ihr hier mit diesen Drohnen macht!«

Sven und Lukas sahen die drei Mädchen hilflos an. »Ich übe«, sagte Sven. »Und mein Bruder sieht zu.«

Franzi schüttelte den Kopf. »Habt ihr eigentlich auch gestern Nacht hier, hm, geübt?«

»Was?«, fragte Sven. Er blinzelte irritiert. »Nachts? Hier in den Feldern?« Er zögerte und sagte dann: »Aber da sieht man doch gar nichts!«

Kim biss sich auf die Lippe. »Ja klar«, sagte sie nachdenklich.

»Da kommt jemand!«, zischte Marie plötzlich.

Ein dunkelblauer Transporter, der mit getrocknetem Schlamm bespritzt war, fuhr auf dem Feldweg zwischen Raps- und Maisfeld genau auf sie zu.
Franzi erkannte hinter der Windschutzscheibe den Hühnerbauern Ahlers. Er machte ein grimmiges Gesicht.
Sven eilte zu der Drohne und hob sie auf. »Luke, wir hauen ab!«, rief er seinem Bruder zu. Der nickte und griff nach seinem Rucksack, der vor ihm auf dem Boden lag.
Der Transporter hielt an. Albrecht Ahlers sprang hinaus. »Jungs, es reicht!« Er lief auf Sven und Lukas zu, aber die beiden Jungen drehten sich einfach um und versuchten zu flüchten. Franzi reagierte blitzschnell. Sie warf sich nach vorne und entriss Sven die Drohne.
Aus sicherem Abstand lächelte sie Sven an. »Du gehst doch bestimmt nicht ohne deinen geliebten Multikopter!«
Der Junge warf ihr einen hasserfüllten Blick zu. »Gib die sofort wieder her!«
»Sven, Lukas, jetzt reicht es wirklich«, rief der Hühnerbauer. »Ich will mit euch und eurem Vater reden, sofort! Ich will nicht, dass ihr hier mit diesen Dingern über mein Land fliegt! Das ist eine Verletzung des Persönlichkeitsrechts.« Ahlers nickte Franzi zu. »Danke dir!« Zu den Jungen gewandt sagte er in scharfem Ton: »Ihr steigt da jetzt ein und wir fahren zu eurem Vater.«
Sven und Lukas sahen sich verunsichert an.
»Los, kommt. Oder soll ich alleine mit ihm reden?!«
Sven zuckte mit den Schultern und sah seinen Bruder an. »Lass uns mitgehen.« Er trat zu Franzi. »Aber die Drohne gibst du mir sofort wieder.«

Franzi reichte ihm das Fluggerät.
»Wo ist die andere?«, wollte Sven wissen. »Was habt ihr mit ihr gemacht?«
Kim zog eine Augenbraue hoch. »Wir haben sie zurückgebracht. Dorthin, wo du sie entwendet hast.«
Sven starrte Kim fassungslos an. »Wohin?«, fragte er gedehnt.
»Das weißt du ganz genau!«, antwortete Kim.
»Kommt jetzt«, unterbrach sie Albrecht Ahlers. »Ich will das hinter mich bringen.«
Die Jungen stiegen in den Transporter und der Hühnerbauer zog die Tür zu. Dann kletterte er auf den Vordersitz und startete den Wagen. Mit einem knappen Winken verabschiedete er sich von den drei !!!.
Die Mädchen sahen dem Transporter hinterher.
»Ich verstehe gerade gar nichts«, sagte Kim.
Franzi nickte. »Da bist du nicht allein.«
»Mir ist das Verhalten der beiden ebenfalls schleierhaft.« Marie fuhr sich durch die Haare. »Wir müssen unbedingt noch mal in den Keller. Am besten reden wir nachher auf dem Markt mit Lissy.« Marie lief in Richtung der Maisfelder. »Aber zuerst können wir uns endlich hier umsehen!« Sie blieb am Rand des Rapsfeldes stehen und betrachtete nachdenklich den Boden. »Die seltsamen Spuren sind immer noch ganz deutlich zu sehen.«
Franzi und Kim folgten ihr und stellten sich neben sie.
»Mir kommt es fast so vor, als wäre der eine Kreis heute noch deutlicher zu sehen«, murmelte Kim.
»Stimmt«, sagte Franzi. »Wir müssen unbedingt herausfinden, woher diese Kreise stammen.«

»Vielleicht finden wir ja etwas im Maisfeld«, sagte Marie und lief weiter.
»Glaubst du immer noch, dass hier ein Ufo gelandet ist?«, fragte Franzi.
Marie zuckte mit der Schulter und biss sich auf die Lippe. »Wer weiß.«

Die Suche gestaltete sich leider sehr zäh. Die drei Detektivinnen durchkämmten systematisch das Feld. Da sie dabei darauf achten mussten, keine der Maispflanzen zu beschädigen, kamen sie nur sehr langsam voran.
Sie hatten gerade mal ein Drittel der Fläche erfolglos abgesucht, da rief Marie: »Wir müssen los! In einer halben Stunde sind wir mit Sami und Finn auf dem Markt verabredet.«
Kim nickte zögerlich. »Eigentlich sollten wir erst das Feld fertig absuchen.«
»Aber das dauert noch mindestens zwei Stunden!« Marie schüttelte den Kopf. »Lasst uns morgen früh weitermachen.«
Kim überlegte kurz. »Na gut. Wir wollten auf dem Markt ja auch Lissy Olbricht treffen und sie zu ihren Brüdern befragen!« Sie grinste schief. »Außerdem brauche ich dringend was zu essen!«
»Das dürfte auf dem Laurentius-Markt kein Problem sein«, sagte Marie. »Dort wird es an jedem zweiten Stand etwas Leckeres geben!«
»Dann nichts wie hin«, sagte Kim und lief zu den Rädern.

Gläserrücken, Körnerkreisel und Tarot-Karten

»Da sind sie!«, rief Marie und zog Kim und Franzi mit sich. Sami wartete zusammen mit Finn beim Kinderkarussell. Maries kleiner Bruder saß auf seinen Schultern und hielt einen angeknabberten Butterkeks in der Hand. Ungefähr die Hälfte des Gebäcks befand sich in Form von feinen Krümeln in Samis blonden Haaren.

Er strubbelte sich kurz über den Kopf, lächelte die drei !!! an und sagte: »Hei!«

Kim, Franzi und Marie erwiderten die Begrüßung.

Sami sah über die Schulter zu Finn hoch und zog leicht an seinem Bein. »Jetzt!«, flüsterte er.

Finn nickte und riss seinen Arm knapp an Samis Ohr vorbei nach vorne. Er hielt Marie die flache Hand hin und rief: »High Five, Sister!«

»Oh«, sagte Marie und klatschte sich mit Finn ab. »High Five, Brother!« Sie sah Sami kopfschüttelnd an. »Du solltest ihm lieber Finnisch beibringen. Das klingt so süß!«

Sami verzog das Gesicht. »Das bringt ihm doch gar nichts. Wer spricht auf der Welt schon Finnisch? Und süß will Finn bestimmt nicht sein! Oder?« Er sah wieder zu Maries Bruder hoch.

Der Kleine schüttelte heftig den Kopf. Dabei rutschte ihm der Keks unbemerkt aus der Hand. Er landete im Kragen von Samis Kapuzenpulli.

Sami hob Finn von seinen Schultern und stellte ihn vor sich

auf dem Boden ab. Nachdem er den Butterkeks aus seinem Nacken gefischt und eingesteckt hatte, sagte er: »Wir sind nämlich echte Kerle, richtig?« Er hielt Finn die Hand hin.
Der kleine Junge strahlte Sami an, schlug kräftig ein und rief begeistert: »High Five, Sister!«
Die drei !!! brachen in schallendes Gelächter aus.
»Wir werden das noch verfeinern«, versprach Sami zwinkernd. »Aber später. Denn jetzt genießen wir diesen Markt!« Er nahm Finn an die Hand und sah die drei !!! an. »Marie hat erzählt, ihr seid Detektivinnen! Das ist super! Ihr könnt bestimmt gut Rätsel lösen, oder?«
Kim stöhnte leise und stieß Marie in die Seite. »Musst du immer allen sofort von unserem Club erzählen?«, flüsterte sie.
Marie grinste. »Klar, warum auch nicht?« Sie sah Sami an. »Was für ein Rätsel ist es denn?«
»Also, stellt euch vor: Ihr sitzt in eurem knallroten Cabrio. Rechts neben euch fährt ein Polizeiauto auf gleicher Höhe, links von euch ist eine Absperrung. Vor eurem Auto läuft ein großer rosa Elefant. Plötzlich bemerkt ihr, dass euch ein Segelflieger von hinten im Tiefflug gefährlich nahe kommt. Was macht ihr?«
Franzi zuckte mit den Schultern. »Keine Ahnung!«
»Das ist doch vollkommen absurd!«, rief Marie und schüttelte lachend den Kopf.
»Es ist ganz einfach«, sagte Kim.
»Ja?«, fragte Sami. Er sah Kim gespannt an.
»Die Situation, die du eben beschrieben hast, kann man dort sehen.« Kim deutete zum Kinderkarussell. »Ich warte also

einfach ab, bis die Fahrt zu Ende ist, und steige dann vom Karussell ab!«

Sami schnippte mit den Fingern. »Richtig! Du bist mindestens so gut wie Justus Jonas von den drei ???.«

Kim riss die Augen auf. »Du kennst die *Die drei ???*? Ich wusste nicht, dass es die auch in Finnland gibt!«

Sami lachte und schüttelte den Kopf. »Nein, die gibt es dort nicht. Aber meine Mutter kommt aus Deutschland. Sie hat mir und meinen beiden Schwestern immer aus ihren alten *Drei ???*-Büchern vorgelesen, damit wir besser Deutsch lernen.«

»Das ist ja witzig!«, sagte Kim. »Das ist eine meiner Lieblingsreihen!«

»Unser Detektivclub heißt übrigens *Die drei !!!*«, sagte Marie.

Sami nickte anerkennend. »Seid ihr auch schon so berühmt wie die drei Jungs aus Rocky Beach?«

»Zumindest waren wir schon oft in der Zeitung«, antwortete Marie. »Und wir haben über sechzig Fälle gelöst! Und zwar im In- und Ausland. Soll ich dir unsere Visitenkarte –«

»Ich würde jetzt gerne mal ein bisschen über den Markt schlendern«, unterbrach Kim Maries Redefluss. »Und nach etwas zum Essen suchen!«

Franzi grinste in sich hinein. Kim redete, im Gegensatz zu Marie, ungern über den Detektivclub. Sie war der Meinung, dass es besser war, nicht sofort von allen Leuten erkannt zu werden, um ungehindert jederzeit und überall ermitteln zu können.

Auch Marie schien verstanden zu haben. Sie murmelte: »Schon gut, Kim, ich hör ja auf.«

»Dahinten gibt es Laurentius-Würstchen!«, sagte Sami. »Ich habe keine Ahnung, was das sein soll, aber es roch ganz köstlich, als Finn und ich vorhin daran vorbeigelaufen sind.«

»Dann lasst uns doch hingehen«, schlug Marie vor.

Kim und Franzi nickten. Sami setzte Finn wieder auf seine Schultern und sie liefen los.

Der Markt, der auf dem großen Platz vor dem Rathaus stattfand, war überaus gut besucht. Hunderte von Menschen tummelten sich in den Gängen zwischen den zahlreichen Ständen und Buden. Entsprechend langsam kamen die drei !!! und Sami mit Finn voran.

»Dahinten ist der Stand von Lissy und ihrer Mutter«, sagte Franzi.

»Da schauen wir gleich nachher vorbei!«, rief Kim.

Franzi nickte.

»Geschafft!«, rief Marie, als sie den Imbiss-Stand mit den Laurentius-Würstchen endlich erreicht hatten. Während sie für alle von den kleinen würzigen Bratwürsten, Pommes und Getränke bestellte, sah sich Franzi am Stand nebenan um. Er gehörte, wie einem großen Plakat zu entnehmen war, dem *Landesverband für Denkmalpflege*. Auch Kim sah interessiert hin. »Das Leben der Römer«, las sie laut von einem Plakat vor. Dann las sie leise weiter. »Ich habe nicht gewusst, dass so eine fette Römerstraße durch unsere Stadt geführt hat«, murmelte sie schließlich.

Franzi grinste. »Ich wusste bis vor Kurzem noch nicht mal, was eine Römerstraße überhaupt ist.« Sie trat näher an eine der Informationstafeln heran und las. Auch Sami sah sich eine der Tafeln an. Finn saß dabei ganz still auf seinen Schul-

tern und kniff die Augen zusammen. Franzi grinste: Es sah so aus, als würde er konzentriert lesen und sich über die Handelswege der alten Römer quer durch Europa informieren.
»Kommt ihr?«, rief Marie eine Weile später. »Jemand muss mir mal mit den ganzen Sachen helfen!«
»Das muss ich mir nachher genauer ansehen«, sagte Kim und wandte sich von der Tafel ab.
Marie hatte einen runden Stehtisch mit vier Hockern besetzt. Einen Teil der Getränke und Pappteller mit den Würstchen hatte sie bereits dorthin transportiert. Den Rest holten Franzi und Kim schnell vom Stand nach.
»Die duften himmlisch!«, sagte Kim und nahm ein Bratwürstchen vom Teller. Sie biss genüsslich hinein. »Super!«, nuschelte sie. Auch die anderen langten hungrig zu. Sami schnitt ein Würstchen in kleine Stücke und schob den Teller vor Finn. Der Kleine steckte sich sofort ein Stückchen in den Mund und schmatzte laut.
Franzi wischte sich die Finger an einer Serviette ab und nahm einen Schluck von ihrer Limonade. Sie stellte die Flasche wieder ab. »Wie gefällt es dir denn in Deutschland?«, fragte sie Sami.
Der Junge lächelte. »Sehr gut! Ich habe es mit Maries Eltern aber auch großartig getroffen. Die beiden sind supercool und so nett!« Er rückte Finn auf seinem Schoß zurecht, sodass der Kleine auch an die Pommes herankam. »Ein bisschen kenne ich Deutschland ja. Von Besuchen bei meiner Tante her. Mit ihr sind wir viel herumgereist.« Er grinste. »Aber erst heute ist mir klar geworden, dass die Deutschen, wie soll ich sagen, einen seltsamen Humor haben.«

Marie sah verwundert auf. »Echt? Wie meinst du das?«

Sami deutete auf eine Wandtafel am Stand für Denkmalpflege. »Da steht etwas zum Namensgeber von diesem Markt hier. Es ist der heilige Laurentius mit dem Roste. Der wurde scheinbar von einem römischen Kaiser zum Tode verurteilt. Und zwar durch Rösten auf einem Grill.« Sami biss ein Stück von seiner Bratwurst ab, kaute nachdenklich und schluckte. »Und dann gibt es hier Laurentius-Würstchen – frisch vom Grill.« Er seufzte. »Das ist schon stark. Oder?«

»Ups«, machte Marie und schob ihren Teller ein Stück zur Seite.

»Da hat jemand wohl nicht nachgedacht«, mutmaßte Kim.

»Ja, vielleicht«, sagte Sami.

Franzi sah Kim und Marie an. »Dann hat sich dieser Sven heute die Geschichte mit dem heiligen Laurentius also nicht komplett ausgedacht, die Legende gibt es tatsächlich!«

Kim zuckte mit den Schultern. »Glaubst du jetzt doch an den angeblichen Geist?«

Franzi schüttelte den Kopf. »Nein, natürlich nicht.«

Sami sah die drei !!! neugierig an. »Was für ein Geist?«

»Ach«, sagte Kim. »Nicht so wichtig.«

Sami sprudelte los: »Ich finde Geister spannend. Mich interessiert alles Obersinnige. Auch Gläserrücken, Körnerkreisel, Tarot-Karten und so.«

Franzi grinste. »Du meinst *Übersinnliches*?«

Sami nickte. »Äh, ja, genau!«

Marie lächelte verzückt. »Ich finde solche Phänomene auch sehr interessant! Wir können ja mal einen Satz Tarot zusammen legen!«

Sami nickte. »Klar!«
Kim zupfte nachdenklich an ihrer Unterlippe. »Sami, was hast du eben mit *Körnerkreisel* gemeint? Ist das ein finnisches Spezialgeisterphänomen?«
Sami lachte. »Nein! Das ist ein Phänomen, das weltweit auftritt. Und so richtig konnte es bislang keiner erklären. Es sind runde Spuren in Feldern. Viele Leute glauben, dass die Abdrücke von Raumschiffen von Außerirdischen stammen.« Er zeigte erneut zum Stand des Landesamtes. »Siehst du die Infotafeln neben dem Plakat vom heiligen Laurentius? Es geht um Luftbildarchäologie. Die Abbildungen ganz unten zeigen Körnerkreisel. Es gibt übrigens noch eine sehr schöne Erklärung. Die ist wirklich nachgewiesen …«
»Das ist ja ein Ding!«, unterbrach Kim. Sie riss die Augen auf. Marie und Franzi hatten sich kerzengerade aufgesetzt und starrten ebenfalls zu der großen Fotowand.
»Kommt«, rief Kim und lief rüber.
»Entschuldige uns bitte einen Augenblick«, sagte Marie zu Sami. »Das ist gerade wichtig! Wir sind gleich wieder da!«
Sami sah Marie kurz erstaunt an, dann lächelte er. »Ist schon in Ordnung. Wir warten auf euch.«
»Sieh dir das an«, sagte Kim, als Marie bei ihr und Franzi angekommen war. »Das sind sogenannte *Kornkreise*! Kreisförmige Spuren, die wie durch ein Wunder in Kornfeldern oder anderen bewachsenen Erdflächen auftauchen.«
Marie grinste. »*Körnerkreisel* finde ich aber auch sehr hübsch!« Sie seufzte leise. »Sami ist aber auch zu süß.«
Franzi zog eine Augenbraue hoch. »Jetzt ist keine Zeit für Schwärmereien. Wir haben Wichtigeres vor!« Sie hielt Marie

ihr Smartphone hin und zeigte ihr eins der Fotos, die sie am Vormittag gemacht hatte. »Diese Kreise sehen fast so aus wie die im Rapsfeld!«

Marie nickte zögerlich. »Die großen Bilder hier sind ja aus der Luft aufgenommen worden, da erscheint alles sehr deutlich. Deine Fotos haben eine ganz andere Perspektive. Ehrlich gesagt würde ich nicht darauf schwören, dass die Spuren im Rapsfeld genauso perfekt und rund sind wie die hier auf dem Plakat!«

»Aber eine Ähnlichkeit ist auf alle Fälle da, oder?«, fragte Franzi.

»Stimmt.« Marie überflog den Text auf dem Plakat.

Nach kurzer Zeit sagte sie: »Wow! Da gibt es ja tausend Theorien: besondere Bodenpilze, die kreisförmig wachsen, spezielle Wirbelwinde, die das Korn platt drücken, Tiere, die einen Balztanz aufführen, Magnetfelder im Erdboden … aber von Ufos ist nicht die Rede.«

Kim verdrehte die Augen. »Doch, da unten. In der Rubrik *Nicht wissenschaftlich nachweisbare Theorien.* Da werden die Raumschiffe neben Hexentanzplätzen, betrunkenen Vampiren und Elfenbällen erwähnt.« Kim kratzte sich an der Nase. »Die neueste wissenschaftliche Erklärung ist allerdings faszinierend!« Sie sah Franzi und Marie an. »Hier steht, dass man in der Erde unter einigen Kornkreisen Mauerreste von alten römischen Rundgräbern gefunden hat. Weil Pflanzenwurzeln dort, wo Steine in der Erde liegen, nicht so tief einwachsen können, bekommen die Pflanzen nicht so viele Nährstoffe. Sie bleiben kleiner als die, die in der normalen Erde wachsen.«

»Die klein gebliebenen Pflanzen zeichnen also genau die Mauerreste nach«, sagte Franzi. »Cool.« Sie zuckte mit den Schultern. »Bei unseren Rapskreisen sind die Pflanzen aber nicht kleiner, sondern umgeknickt!«

Kim seufzte. »Richtig. Trotzdem finde ich das mit den römischen Rundgräbern interessant. Das hat mich auf eine Idee gebracht.«

Marie und Franzi sahen Kim erwartungsvoll an.

Kim schüttelte den Kopf. »Ich kann es noch nicht genau sagen. Ich muss mir noch mal den Plan dahinten ansehen.«

Marie nickte. »Dann sage ich Sami kurz Bescheid, dass es noch ein paar Minuten dauert, okay?«

»Mach das«, sagte Kim abwesend und steuerte auf einen großen Lageplan zu. ›Grundriss eines Landguts im Römischen Reich‹, stand in großen Druckbuchstaben darüber. Was wollte Kim denn damit? Franzi folgte ihrer Freundin neugierig.

Was hat das alles zu bedeuten?

Kim betrachtete aufmerksam den großen Plan. »Spannend!«, murmelte sie. »Dort, wo du wohnst, haben die Römer vor fast 2000 Jahren schon Landwirtschaft betrieben. Der Plan zeigt die verschiedenen Gebäude und Anlagen eines römischen Bauernhofs, auch *Villa Rustica* genannt: Haupthaus, Scheune, Brunnen, weiter entfernt gelegen ein paar Rundgräber …«

»Du meinst, die Spuren im Raps stammen doch von zwei römischen Rundgräbern?«, fragte Franzi aufgeregt.

Kim zuckte mit den Schultern. »Keine Ahnung. Wie gesagt, normalerweise sind die Pflanzen nicht umgeknickt, sondern einfach kleiner.« Sie deutete auf einen anderen Teil des Plans. »Was ich spannend finde, ist das hier! Es ist der Querschnitt eines Haupthauses: Wohnräume, Altarraum und das Kellergewölbe für Vorräte mit einem Brunnen. Das Gewölbe sieht doch genauso aus wie …«

»Der Keller unter dem Bauernhof von Olbrichts!«, rief Franzi. »Klar, Sven hat ja auch irgendetwas von uralt und so erzählt. Du meinst, Olbrichts Bauernhof steht auf dem Gelände einer alten Villa Rustica und die Sachen und der Schmuck, den Herr Olbricht gefunden hat, stammen aus der Römerzeit?«

Kim nickte.

»Aber dann ist ja alles in Ordnung«, sagte Franzi. »Ich meine, Lissys Brüder haben nichts geklaut, sondern sammeln bloß alte römische Fundstücke ein, die sie auf dem Grundstück ihrer Eltern finden. Die Sachen gehören also ihnen oder meinetwegen ihren Eltern.« Franzi zog die Stirn in Falten. »Warum sie dabei so ein Riesengeheimnis machen, ist mir allerdings nicht so klar.« Sie zuckte mit den Schultern. »Wahrscheinlich haben sie Angst, dass ihnen jemand etwas stehlen könnte.«

Kim schüttelte den Kopf. »Sie haben Angst, dass jemand erfährt, dass sie antike Gegenstände unterschlagen! Das ist nämlich strafbar.«

»Aber die Sachen gehören ihnen doch!«

»Nein, eben nicht«, sagte Kim und zog Franzi zum anderen Ende des Standes. Sie wies zu einer Infotafel, auf der die Überschrift »Schatzregal« prangte. »Ich habe vorhin nur angefangen zu lesen, weil ich dachte, dass es um ein Regal hier in der Stadt geht, in dem ein besonderer Schatz aufbewahrt wird.« Kim schüttelte den Kopf. »Es ist aber kein Regal, sondern ein Gesetz. Und das schreibt vor, dass man antike Stücke, die man findet, nicht einfach behalten darf. Man muss sie der Stadt oder der Kommune oder so übergeben!«

Franzi machte große Augen. »Auch wenn man die Sachen auf dem eigenen Gelände gefunden hat?«

»Genau.« Kim verschränkte die Arme vor der Brust. »In dem Text steht, dass solche alten Dinge von Fachleuten ausgewertet werden müssen und in Museen ausgestellt werden sollen, damit alle was davon haben. Wenn lauter Privatleute die antiken Dinge bei sich zu Hause horten würden, könnten die Wissenschaftler nicht ordentlich forschen und mehr über unsere Vorgeschichte herausfinden. Dann hätte niemand etwas davon.«

Franzi biss sich auf die Lippe. »Das ist aber ganz schön hart. Wenn ich mir vorstelle, dass ich ein paar alte Goldmünzen bei uns im Garten finde …«
»Würdest *du* sie ganz bestimmt bei der Polizei abliefern. Oder noch besser: die Münzen am Fundort lassen und das Denkmalschutzamt informieren.« Kim grinste. »Du bist schließlich Detektivin.«
Franzi lächelte schwach. »Richtig.«
»Lass uns Marie erzählen, was los ist«, schlug Kim vor. »Und dann besuchen wir Lissy und ihre Mutter am Stand.«
Als sie beim Imbiss-Stand ankamen, winkte ihnen Sami zu. Er hatte den schlafenden Finn auf dem Arm. »Wir verabschieden uns jetzt. Es war ein bisschen viel für den kleinen Mann heute.«
»Und du bist sicher, dass ich nicht mitkommen soll?«, fragte Marie.
Sami nickte. »Das ist wirklich nicht nötig, vielen Dank! Du musst dir keine Sorgen um deinen Bruder machen. Ich passe gut auf ihn auf.«
»Das weiß ich doch!«, sagte Marie. »Ich dachte nur, es wäre vielleicht netter …« Sie verstummte, als sie Kims und Franzis bohrende Blicke bemerkte.
»Ja, dann kommt gut nach Hause«, sagte Marie leise.
Sami lächelte. »Das werden wir, danke. Und euch noch viel Spaß!« Er wandte sich zum Gehen, hielt dann noch mal kurz inne und drehte sich um. »Bist du um acht zum Essen da?«
Marie nickte. »Ja, bestimmt.«
»Prima, bis dann!«
Nachdem Sami mit Finn im Gedränge verschwunden war,

berichteten Kim und Franzi Marie schnell vom neuesten Stand der Dinge.

»Und was machen wir jetzt?«, fragte Marie schließlich.

»Das weiß ich auch nicht so genau«, antwortete Kim. »Ich dachte, wir reden mal mit Frau Olbricht. Das mit den Sachen im Keller ist nun mal einfach nicht in Ordnung.«

»Gut«, sagte Marie. »Lasst uns das machen. Vielleicht haben wir danach noch Zeit, das Maisfeld weiter abzusuchen.«

»Hier seid ihr!«, ertönte plötzlich eine hohe Kinderstimme. Franzi wandte sich überrascht um. Lissy Olbricht stand vor ihnen und machte ein vorwurfsvolles Gesicht. »Ich dachte, ihr wolltet bei uns vorbeikommen!«

Franzi nickte. »Wir wollten gerade losgehen!«

»Super!«, rief Lissy und hüpfte auf und ab. »Mir ist so langweilig! Ich habe kein Lust mehr, meiner Mama zu helfen.« Sie verzog den Mund. »Sie ist schlecht gelaunt, weil Sven und Luke nicht gekommen sind. Dabei haben sie fest versprochen, beim Honigverkaufen zu helfen.«

Kim sah Lissy erstaunt an. »Wie lange wartet ihr denn schon auf die beiden?«

»Weiß nicht. Ewig. Sie sollten ja schon beim Aufbauen helfen.« Lissy zuckte mit den Schultern. »Wollt ihr Kuchen von unserem Stand? Meine Mama hat ganz leckeren Butterkuchen gemacht!«

»Klar!«, sagte Franzi. »Kommt!«

Sie drängten sich durch die Menge in Richtung des Olbricht-Standes. Als sie ihn fast erreicht hatten, sagte Lissy plötzlich: »Die Männer da haben auch Luke gesucht!« Das Mädchen deutete auf zwei Gestalten in Jeans und dunklen, kurzärme-

ligen Hemden. Sie hielten sich hinter einem Transporter auf, der unweit vom Stand geparkt war, an dem Lissys Mutter ihre Sachen verkaufte.
»Was wollten sie denn von Luke?«, fragte Kim.
Lissy kratzte sich an der Nase. »Sie wollten mit ihm sprechen. Über was, haben sie meiner Mama nicht gesagt.«
Kim stupste Franzi an. »Der eine hat eben ein Foto gemacht«, flüsterte sie. »Von dem Kunden, der gerade mit Frau Olbricht verhandelt.«
Franzi nickte unmerklich. »Hab ich gesehen.«
»Das ist ja wohl eindeutig«, flüsterte jetzt auch Marie. »Die beobachten den Stand und dokumentieren, welche Kunden kommen.«
Kim seufzte. »Was hat das alles zu bedeuten?«
Lissy war in der Zwischenzeit bei ihrer Mutter angelangt und sagte etwas zu ihr. Frau Olbricht lächelte und winkte Kim, Franzi und Marie zu.
Im selben Moment sah Franzi, dass die beiden Männer hinter dem Transporter hervorgekommen waren. Sie warfen nochmals einen Blick auf den Verkaufsstand und schlenderten dann weg.
»Die verschwinden!«, sagte Franzi. »Los, hinterher! Wir müssen rauskriegen, wer das ist!«
Marie und Kim nickten.
»Ich sag Lissy und Frau Olbricht schnell, dass wir später wiederkommen!«, rief Kim und lief zum Stand.
Franzi versuchte, die beiden Männer nicht aus den Augen zu verlieren. Das war im Gedränge der Marktbesucher nicht einfach.

»Da vorne!«, sagte Marie atemlos. »Sie biegen rechts ab, Richtung Karussell.«
Franzi drehte sich um und suchte Kim. Ihre Freundin folgte ihnen bereits.
Franzi winkte Kim und lief schneller. Als sie Marie eingeholt hatte, waren die Männer bereits ein gutes Stück vom Marktplatz weggelaufen. Sie steuerten auf einen kleinen Parkplatz ganz in der Nähe zu.
»Mist!«, hörte Franzi Marie fluchen. »Die steigen garantiert gleich in ihr Auto und sind weg.«
»Wo sind sie?«, fragte Kim, die inzwischen aufgeholt hatte.
»Bei dem dunkelblauen Kombi«, sagte Marie. »Wir müssen näher ran. Vielleicht kriegen wir wenigstens das Kennzeichen raus!«
Im selben Moment setzte sich der Wagen in Bewegung und rollte auf die Ausfahrt zu. Die drei !!! hetzten zum Parkplatz. Marie kramte in ihrem Matchbeutel und zog einen Kajalstift heraus. Sie kniff die Augen zusammen und las das Nummernschild ab.
Der Wagen wurde zügig aus der Ausfahrt gesteuert und fädelte in den Verkehr ein. Zwei Sekunden später war er nicht mehr zu sehen.
»Wenigstens das Kennzeichen haben wir«, sagte Marie. Zufrieden zeigte sie ihren Freundinnen ihren Unterarm, auf dem sie die Ziffern- und Buchstabenkombination notiert hatte.
»Sehr gut!«, sagte Kim. »Und jetzt fragen wir Frau Olbricht, was diese Männer zu ihr gesagt haben.«

Als sie zum Stand zurückkehrten, waren weder Lissy noch ihre Mutter dort zu sehen. Eine ältere Frau mit weißem Dutt und bunter Schürze saß hinter der Auslage und lächelte die Mädchen an. »Möchtet ihr ein Stück Kuchen?«, fragte sie. »Oder wollt ihr mal von dem köstlichen Rapshonig probieren?« Sie stand auf und deutete auf ein paar Gläser mit goldgelbem Honig.
Verwirrt sahen sich die drei Detektivinnen an.
Marie fasste sich als Erste. »Danke, nein!«, sagte sie. »Entschuldigung, aber wir wollten eigentlich zu Frau Olbricht und ihrer Tochter. Vor zehn Minuten waren sie noch da!«
Die Frau wurde ernst. »Manuela Olbricht hat mich gebeten, ihren Stand zu übernehmen. Sie musste dringend zum Hof zurück.«
Die Mädchen sahen sich alarmiert an. »Ist etwas passiert?«, fragte Kim.
Die Frau zuckte mit den Schultern. »Ich weiß nur, dass ihre Söhne verschwunden sind. Hoffentlich ist ihnen nichts geschehen!«
Marie nickte. »Das hoffen wir auch.« Sie bedankten sich für die Auskunft und verabschiedeten sich von der Frau.
»Wir fahren sofort zu den Olbrichts, oder?«, fragte Franzi.
»Sicher!«, rief Marie. Sie sah auf ihre Armbanduhr. »In drei Minuten geht der Bus raus zu euch. Wenn wir uns beeilen, kriegen wir den noch. Mit den Rädern dauert es viel zu lange.«
Franzi und Kim nickten stumm.
Gemeinsam sprinteten sie los.

Entführt

»Für heute reicht es mir mit Bewegung aber wirklich!«, presste Kim mühsam hervor. Sie stützte sich mit beiden Händen am schmiedeeisernen Tor ab, das zur Einfahrt des Olbricht-Hofs führte.

Marie tupfte sich einige Schweißperlen von der Schläfe. »Das ist echt verschärftes Training!«

Die drei Detektivinnen hatten den Weg von der Bushaltestelle bis zum Hof der Olbrichts im Lauftempo zurückgelegt. Die Strecke entsprach etwa einem Viertel der Trainingsrunde, die Franzi täglich lief. Sie spürte so gut wie keine Erschöpfung, konnte aber nachvollziehen, dass es ihren weniger trainierten Freundinnen anders erging. Sie klopfte erst Kim, dann Marie auf die Schulter. »Das wird schon wieder! Achtet darauf, gut auszuatmen. Das Einatmen kommt schon von selbst!«

»Du Sportskanone hast leicht reden«, murrte Kim und richtete sich wieder auf. Sie atmete noch ein paar Mal tief ein und aus, dann nickte sie. »Von mir aus können wir!«

Schon kurze Zeit nachdem Franzi die Klingel beim Haupthaus gedrückt hatte, wurde die Tür aufgerissen. Lissys Vater stand darin. Er war ein großer, kräftiger Mann mit schwarzen, stoppelkurzen Haaren und sonnengegerbtem Gesicht. Seine dunklen Augen wirkten heute noch dunkler als sonst, Sorge spiegelte sich darin. »Franzi!«, sagte Herr Olbricht überrascht.

»Guten Tag!«, sagte Franzi und stellte Kim und Marie vor.

Herr Olbricht gab den beiden freundlich lächelnd die Hand. Dann aber räusperte er sich und sagte: »Gibt es denn etwas Wichtiges? Bei uns ist gerade sehr viel los.«

»Franzi!«, erklang plötzlich Lissys Stimme hinter ihrem Vater. Sie steckte den Kopf unter seinem Arm nach draußen. »Sven und Lukas sind weg!«

Herr Olbricht legte Lissy die Hand auf den Kopf. »Sie kommen bestimmt bald wieder«, sagte er leise.

Kim nickte. »Wir haben davon gehört, dass Ihre Jungs plötzlich verschwunden sind. Und wir wollen Ihnen helfen!«

»Das ist sehr nett von euch!« Olbricht seufzte. »Aber wie?« Er knetete seine Hände. »Wir haben erst vor einer halben Stunde bemerkt, dass die beiden schon seit heute Mittag verschwunden sind. Ich dachte, sie helfen ihrer Mutter auf dem Markt. Da sind sie aber nie angekommen.«

»Mama hat schon alle Schulfreunde und Studenten abtelefoniert«, rief Lissy. »Keiner hat sie gesehen.«

»Die Jungs sind zwar ziemlich umtriebig, aber sie sind auch absolut zuverlässig«, murmelte Herr Olbricht. »Sie sind noch nie längere Zeit weg gewesen, ohne Bescheid zu geben. Und sie hatten fest zugesagt, auf dem Markt zu helfen. Es ist einfach nicht ihre Art, da nicht aufzutauchen.« Der Landwirt biss sich auf die Lippe.

Kim nickte nachdenklich. »Sie sagten, Sie haben Sven und Lukas seit Mittag nicht mehr gesehen. Waren sie nicht zusammen mit Ihrem Nachbarn, dem Hühnerbauern Ahlers, hier?«

Olbricht zog die Stirn in Falten. »Nein. Wieso das denn?«

»Wir haben zufällig eine, ähm, Auseinandersetzung zwischen

Herrn Ahlers und den Jungs mitbekommen. Er wollte mit den beiden zu Ihnen fahren, um ein ernstes Wörtchen mit ihnen zu sprechen.«

Der Landwirt fiel aus allen Wolken. »Sie waren aber nicht hier!« Er sah Kim erstaunt an. »Ich wüsste auch nicht, welche Probleme Ahlers mit meinen Söhnen haben sollte!«

»Bei dem Streit ging es um Drohnen, die die Jungen über die Felder fliegen lassen. Herr Ahlers sieht dabei sein Persönlichkeitsrecht verletzt.«

»Wie bitte?«, fragte Olbricht. »Was für *Drohnen*?«

»Solche Multikopter, die man fernsteuern und mit denen man dann zum Beispiel Fotos aus großer Höhe schießen kann«, erklärte Kim.

Marie schnaubte. »Man kann natürlich auch im Tiefflug Jagd auf andere Menschen damit machen.«

»Also, das müsst ihr mir bitte genauer erklären«, sagte Olbricht. »Ich verstehe rein gar nichts!«

Plötzlich schlug sich Kim vor die Stirn. »Mir fällt gerade etwas ganz anderes ein. Dass wir nicht sofort daran gedacht haben!«

Die anderen sahen sie erstaunt an.

Kim sog scharf die Luft ein. »Der Keller!«

Franzi riss die Augen auf. »Du meinst, sie könnten in dem Gewölbe stecken?«

Kim nickte. »Wer weiß?!« Sie sah Herrn Olbricht ernst an. »Sie haben einen versteckten Zugang zu einem alten Gewölbekeller unter Ihrem Haus. Könnte es nicht sein, dass Sven und Lukas da unten stecken? Zumindest Sven geht da ja sozusagen ein und aus.«

Der Landwirt wurde schlagartig blass. »W… woher weißt du von dem Keller?«, stotterte er.
Kim räusperte sich. »Also, das ist ja, ähm, im Moment nicht so wichtig! Wichtig ist, dass wir schnell nachsehen, ob die Jungs da unten sind.«
»Womöglich sind sie in Not«, ergänzte Marie.
»Das könnte ich mir nie verzeihen!«, murmelte Olbricht, trat zur Seite und ließ die drei !!! in den Flur. »Kommt herein!«
Dann sah er Lissy an. Das Mädchen hatte knallrote Wangen und sah betreten zu Boden.
»Du weißt auch von dem Gewölbe? Haben es dir die Jungs gezeigt?«
Lissy machte eine unbestimmte Geste. »So ähnlich.«
Der Landwirt seufzte und winkte ab. »Folgt mir!«, sagte er und eilte den Flur entlang. Am Ende angekommen, öffnete er eine Tür und schaltete das Licht ein. Eine Steintreppe war zu erkennen, die nach unten führte.
»Lissy, du gehst bitte ins Wohnzimmer zu deiner Mutter!«, sagte Herr Olbricht.
»Aber –«, setzte das Mädchen an.
»Kein Aber«, unterbrach der Landwirt seine Tochter. »Abmarsch!«
Lissy verschränkte die Arme vor der Brust, machte ruckartig kehrt und rannte weg.
Die drei !!! stiegen zusammen mit Herrn Olbricht die Treppe hinunter. Als sie unten angekommen waren, erkannte Franzi den Gang wieder. Sie waren heute Morgen nur von der anderen Seite gekommen. Sofort fiel ihr Blick auf den breiten Spind an der Wand. Er war geschlossen.

»Sie sind nicht da unten«, stellte Kim fest.

Herr Olbricht nickte. »Ich sehe zur Sicherheit trotzdem nach.« Er zögerte.

Kim räusperte sich. »Sie können den Schüssel ruhig holen. Wir kennen das Versteck. Oben auf dem Spind.«

Der Landwirt verdrehte die Augen, ergriff den Schlüssel und schloss hastig die Spindtür auf. »Sven? Lukas?«, schrie er nach unten.

Niemand antwortete.

Herr Olbricht schaltete das Licht ein und lief in rasendem Tempo die Treppe hinunter. Die drei !!! folgten ihm.

Unten angekommen, stürzte der Landwirt sofort auf den Brunnen zu. Er lugte neben der darin stehenden Leiter nach unten. »Gott sei Dank«, rief er. »Sie sind nicht hier.«

Die drei !!! sahen sich aufmerksam um. Schon nach kurzer Zeit war klar, dass sich Sven und Lukas definitiv nicht im Kellergewölbe befanden.

»Gut«, sagte Kim. »Am besten rufen Sie jetzt Ihren Nachbarn an und fragen ihn nach den Jungs. Ich habe den starken Verdacht, dass er die beiden entführt hat!«

»Entführt«, wiederholte der Landwirt fassungslos. Er nickte und sie machten sich auf den Weg zurück ins Haus.

Leider half der Anruf beim Nachbarhof nicht weiter. Albrecht Ahlers war unterwegs, wie ein Mitarbeiter Herrn Olbricht sagte.

»Er muss doch auf dem Handy zu erreichen sein«, sagte Franzi.

Herr Olbricht schüttelte den Kopf. »Er besitzt keins.« Er setzte sich auf die Bank in der Sitzecke der Wohnküche.

Marie riss die Augen auf. »Das ist ein Witz?«
»Nein. Er sagt, Handys entsprechen seinem ökologischen Ideal nicht. Wegen der Strahlung der Sendemasten.«
»Man kann es aber auch übertreiben«, murmelte Marie und strich über das glänzende Display ihres Smartphones.
»In zehn oder zwanzig Jahren wissen wir mehr«, sagte Herr Olbricht. »Wie auch immer. Ich werde jetzt zur Polizei gehen und eine Vermisstenanzeige aufgeben!«
Die drei !!! sahen sich an. Wie fast immer verstanden sie sich ohne viele Worte. Marie räusperte sich. »Wir haben gute Kontakte zu einem Kommissar. Wir können ihn anrufen und herbitten.«
»Immerhin besteht Anlass zur Vermutung, dass Sven und Lukas von Albrecht Ahlers entführt wurden«, ergänzte Kim. »Es muss schnell gehandelt werden.«
Der Landwirt zog eine Augenbraue hoch. »Ihr kennt einen Kommissar persönlich?«
Marie nickte. »Wir betreiben ein erfolgreiches Detektivunternehmen und arbeiten oft mit der Polizei zusammen. Wir haben mit Kommissar Peters schon sehr viele Verbrechen aufklären können.«
Herr Olbricht strich mit der Hand über die Tischplatte. »Detektivinnen?« Er überlegte einen Moment und machte ein sorgenvolles Gesicht. Dann schüttelte er den Kopf. »Es geht um meine Jungs. Wenn ihr jemanden kennt, der uns schnell helfen kann, sie wiederzufinden, dann ruft bitte an!«
Marie rief die Nummer von Peters auf und tippte auf »Anrufen«.

Franzi hoffte, dass der Kommissar ranging und auch gleich kommen konnte.
Sie hatten Glück! Marie erreichte Peters und konnte ihm schnell erklären, um was es ging. Er versprach, in der nächsten halben Stunde mit seinen Leuten da zu sein.
Der Landwirt war sichtlich beeindruckt. »Es ist großartig, dass ihr uns helft, vielen Dank!«
»Gerne geschehen«, sagte Kim. »Allerdings hätten wir noch ein paar Fragen an Sie.«
Olbricht zog die Stirn in Falten. »Wegen des Gewölbekellers, nehme ich an.«
»Richtig.« Kim verschränkte die Arme vor der Brust. »Sven war es unheimlich wichtig, uns von dem Keller fernzuhalten. Ich gehe jetzt nicht ins Detail, aber er hat unter anderem versucht, uns mit einer Geschichte von einem spukenden Geist abzuschrecken.« Kim verdrehte die Augen. »Das klappt vielleicht bei seiner kleinen Schwester, aber nicht bei uns.« Sie machte eine kurze Pause und sah den Landwirt ernst an. »Sven weiß also, genauso wie Sie, nehme ich an, dass der ganze alte römische Schmuck und die anderen Sachen illegal im Keller aufbewahrt werden. Sie haben das sogenannte ›Schatzregal‹ missachtet!«
Olbricht seufzte. »Das ist richtig.« Er fuhr sich durchs Haar. »Als ich vor zwanzig Jahren einen Keller unter dem Erweiterungsbau ausgehoben habe, bin ich auf das alte Gemäuer gestoßen. Ich fand den schönen Schmuck, die Münzen, die Gläser. Mir wurde schnell klar, dass ich auf die Überreste einer alten Villa Rustica gestoßen bin. Die gibt es in der Gegend hier ja häufiger.« Er seufzte. »Und ich hatte damals

schon mehrfach mitbekommen, was passiert, wenn die Behörden von solch einem Fund erfahren.«
Kim sah Olbricht fragend an. »Was passiert denn?«
»Jede weitere Baumaßnahme wird verboten, das Amt schickt die Landesarchäologen, und die graben dann. Jahrelang oder auch jahrzehntelang, wenn es sein muss.« Olbricht schüttelte den Kopf. »Ich kann es verstehen, dass die ihren Job machen müssen – aber es wäre mein Ruin gewesen! Es ist naheliegend, dass in den Feldern rund um unseren Hof weitere Gebäude, Brunnen und auch Grabstätten liegen. Man hätte mein Ackerland in eine archäologische Forschungsstätte verwandelt. Ich hätte jahrelang nichts mehr anbauen können.«
»Und um das zu vermeiden, haben Sie einfach alles verschwiegen.«
»Genau.« Der Landwirt lächelte. »Aber ich habe es nicht übers Herz gebracht, einfach alles wieder zuzuschütten oder im Grabungsstadium zu belassen. Deshalb habe ich den Keller mit einem Freund, der sich etwas auskennt, restauriert und die Fundstücke dort ausgestellt. Einigen wenigen Leuten zeige ich hin und wieder diesen wunderbaren Ort.«
»Und Sven haben Sie ihn auch gezeigt?«, fragte Franzi.
»Ja.« Der Landwirt nickte. »Ich hatte mir vorgenommen, allen meinen Kindern den Römer-Keller zu zeigen, sobald sie 16 Jahre alt sind.« Er schüttelte den Kopf. »Nun, Lukas und Lissy haben ihn offensichtlich durch Sven schon vorher kennengelernt.«
Kim biss sich auf die Lippe. »Das war bestimmt keine leichte Situation für Sie. Ich verstehe Sie jetzt besser.«
Eine Weile herrschte Schweigen.

»Trotzdem sollten Sie bald dem Denkmalschutzamt Bescheid geben«, sagte Kim leise. »Es ist einfach nicht in Ordnung, dass solche Schätze im Keller verstauben. Allein dieser Ring mit dem hellblauen Stein und den eingravierten Händen ist bestimmt ungeheuer wertvoll.«
»Ein Ring mit eingravierten Händen?«, fragte Olbricht. »Daran kann ich mich nicht erinnern.«
Kim zog ihr Smartphone aus der Hosentasche und rief eins der Fotos auf, die sie im Garten gemacht hatte. »Dieser hier.«
Herr Olbricht starrte auf das Bild. »Den habe ich noch nie gesehen! Wo habt ihr den her?«
Die drei !!! wechselten einen irritierten Blick.
Bevor jemand etwas sagen konnte, klingelte es.
»Das wird Kommissar Peters sein«, sagte Kim. »Jetzt suchen wir erst mal die Jungs. Über den Ring können wir später reden.«
Der Landwirt nickte schweigend, stand auf und begab sich in den Flur.

Giftiger Alien

Tatsächlich kam Herr Olbricht zusammen mit dem Kommissar und zwei Polizeibeamten wieder in die Wohnküche zurück. Peters begrüßte die drei !!! mit festem Handschlag und nickte wohlwollend. »Ich bin sehr froh darüber, dass ihr mich angerufen habt und nicht im Alleingang losgeprescht seid!« Er räusperte sich. »Wenn wir es hier tatsächlich mit einer Entführung zu tun haben, könnte es gefährlich werden.«

Franzi verdrehte die Augen. Sie schätzte den Kommissar wirklich sehr. Nur seine ständige Angst, dass sie sich in Gefahr bringen könnten, ging ihr ziemlich auf die Nerven.

»Also«, begann der Kommissar. »Ihr drei habt die Jungen voraussichtlich als Letzte gesehen, habe ich das richtig verstanden?«

Marie nickte. »Ja. Das war heute Mittag, gegen eins. Draußen auf den Feldern.«

»Gut. Ihr habt beobachtet, dass die Jungen nach einer Auseinandersetzung mit einem Landwirt in dessen Fahrzeug eingestiegen und weggefahren sind, richtig?«, fragte der Kommissar weiter.

Kim nickte. »Albrecht Ahlers, das ist der Landwirt, war sauer, weil die beiden Jungen Drohnen über seine Felder haben fliegen lassen. Scheinbar ist das schon öfter vorgekommen. Herr Ahlers war jedenfalls stinksauer und wollte mit den beiden Jungs nach Hause fahren, um gemeinsam mit ihrem Vater zu sprechen. Sie sind dann alle in den dunkelblauen Van von Albrecht Ahlers eingestiegen. Der Wagen hat auffällige Lehmspritzer an beiden Seiten.«

Herr Olbricht schüttelte den Kopf. »Sven und Lukas sind aber hier nicht angekommen. Und Albrecht Ahlers auch nicht!« Er biss sich auf die Lippe. »Das ist überhaupt nicht ihre Art. Die beiden melden sich immer, wenn sie später kommen oder ihre Pläne ändern!«

Der Kommissar zog ein Notizheft aus der Tasche seines Parkas, schlug es auf und kritzelte kurz hinein. »Ein dunkelblauer Van, sagst du, Kim?«

Kim nickte. »Das Kennzeichen konnte ich nicht sehen.«

»Kein Problem, wir haben ja den Namen des Halters, das kriegen wir heraus«, murmelte Peters und kritzelte weiter in seinem Buch. Dann sah er Herrn Olbricht an. »Wie alt sind Ihre Söhne?«

»Sven ist 18 und Lukas 15«, antwortete der Landwirt. Er hob die Hände und schob eilig hinterher: »Ich weiß. Sven ist volljährig und Sie suchen normalerweise nach Erwachsenen erst nach 48 Stunden. Aber ich möchte Sie bitten, in diesem Fall …«

»Machen Sie sich keine Sorgen«, unterbrach der Kommissar ihn. »Unter bestimmten Umständen suchen wir auch nach Erwachsenen sofort!«

Der Landwirt atmete erleichtert auf.

Peters nickte in Richtung von Kim, Franzi und Marie. »Ich kenne diese drei Damen nun schon längere Zeit und vertraue ihrem Instinkt. Wenn sie den Verdacht haben, die Jungen könnten entführt worden sein, dann gehe ich dieser Sache verschärft nach!«

Olbricht nickte beeindruckt.
Kommissar Peters sah die drei !!! an. »Wie gut kennt ihr Sven und Lukas Olbricht?«
Franzi zuckte mit den Schultern. »Sie wohnen eben in der Nähe bei mir. Aber ich habe nie viel mit ihnen zu tun gehabt. Wir haben uns heute zum ersten Mal etwas länger unterhalten.« Sie schnaubte. »Und es war keine nette Unterhaltung. Wie gesagt, die haben Drohnen hinter uns hergehetzt.«
»Und Sven hat uns im Keller in eine wirklich gefährliche Situation gebracht«, rief Marie.
Der Kommissar runzelte die Stirn und murmelte: »Moment, Moment, eins nach dem anderen.« Er steckte sein Notizbuch wieder ein. »Herr Olbricht, ich brauche aktuelle Fotos von den Jungen, damit wir eine Suchmeldung herausgeben können. Und dann würde ich mir gerne ihre Zimmer ansehen. Vielleicht finden sich dort Hinweise auf ihren Verbleib.«
Olbricht wies zu Tür. »Am besten, wir gehen zu meiner Frau. Sie ist mit unserer Tochter im Wohnzimmer. Dort haben wir auch die Fotoalben.«
»Gut«, sagte Peters. Er zögerte kurz. »Haben Sie schon versucht, Kontakt zu diesem Albrecht Ahlers aufzunehmen?«
»Ja. Er ist nicht auf seinem Hof, wurde mir ausgerichtet. Und unterwegs kann man ihn nicht erreichen.« Olbricht wischte sich über die Stirn. »Vielleicht sollte ich einfach zum Hühnerhof fahren und nachsehen?« Der Landwirt bekam einen panischen Gesichtsausdruck. »Ja!«, rief er. »Ich muss da sofort hin und nach meinen Jungs sehen!«
Der Kommissar schüttelte den Kopf. »Sie bleiben am besten

hier«, sagte er mit tiefer, ruhiger Stimme. »Ich brauche jetzt Ihre Personenbeschreibungen und die Fotos. Außerdem habe ich noch ein paar Fragen an Sie und Ihre Frau.« Peters sah die beiden Polizisten an, die die ganze Zeit schweigend im Raum gestanden hatten. »Meine beiden Kollegen hier werden jetzt gleich zu dem Hof von Albrecht Ahlers fahren und nach dem Rechten sehen.« Peters räusperte sich. »Und ihr drei«, er sah Kim, Franzi und Marie nacheinander ernst an, »ihr geht am besten nach Hause. Wir kümmern uns jetzt um alles. Danke, dass ihr mich gerufen habt!« Er fasste Olbricht leicht am Arm. »Gehen wir!«

Der Kommissar, Olbricht und die Polizisten verließen die Wohnküche.

Kim riss die Augen auf. »Aber, Sie können doch nicht –«

»Vergiss es«, zischte Franzi. Sie stemmte die Arme in die Seiten. »Das war ja zu erwarten!«

Marie schüttelte ungläubig den Kopf. »Ich fasse es nicht! Der schickt uns einfach nach Hause!«

Franzi ließ sich auf die Eckbank fallen. Sie zog die Haargummis an ihren Zöpfen energisch fest. »Ich lasse mich aber nicht einfach so wegschicken!«

Kim nickte. »Das lassen wir uns nicht gefallen.«

Plötzlich zuckte Marie zusammen. Dann rief sie: »Die Leiter!«

Kim und Franzi sahen sie verständnislos an.

Marie fuhr sich hektisch durch die Haare. »Die Leiter im Gewölbe! Erinnert ihr euch? Sven hat sie heute Morgen aus dem Brunnen gezogen und gegen die Wand gelehnt.«

Kim biss sich auf die Lippe. »Ich habe in der Aufregung

nicht so genau darauf geachtet. Aber jetzt, wo du es sagst: Stimmt.« Kim kniff die Augen zusammen. »Und vorhin war die Leiter nicht mehr an der Wand, sondern –«

»Im Brunnen!«, ergänzte Marie Kims Satz. »Das bedeutet, dass er, alleine oder mit seinem Bruder, später noch mal da gewesen und in den Brunnen geklettert sein muss!«

Franzi sprang auf. »Marie, du bist genial! Sven ist also nicht mit Ahlers mitgefahren, sondern zum Keller zurückgekehrt.«

»Oder er ist doch mitgefahren, aber in jedem Fall noch mal zum Keller zurück.« Kim strubbelte sich durch die kurzen braunen Haare. »Das würde bedeuten, dass Ahlers die Jungen doch nicht entführt hat. Was auch immer da los ist. Irgendwie habe ich den Eindruck, dass der Brunnen der Schlüssel zu allem ist.«

»Geht mir genauso«, rief Marie. »Lasst uns gleich nachsehen!«

Die drei Mädchen lugten vorsichtig zur Küchentür hinaus. Aus dem gegenüberliegenden Wohnzimmer waren die Stimmen von Peters und dem Ehepaar Olbricht zu hören.

»Wir nehmen den Weg außenrum durch die Waschküche«, flüsterte Kim.

Marie und Franzi nickten stumm. Sie schlichen unbemerkt durch den Flur und schlüpften leise zur Haustür hinaus.

Als Kim gerade die Waschküche betreten wollte, klingelte ihr Handy. Sie schüttelte verärgert den Kopf und warf einen Blick auf das Display. Augenblicklich lief sie rot an. »Verdammt, meine Mutter!« Sie sah Marie an. »Wie spät ist es?«

»Zwanzig nach sieben.«

Kim fluchte leise. »Um sieben gibt es bei uns Abendessen.«

Marie und Franzi zuckten zusammen. »Ich habe versprochen, um acht zu Hause zu sein«, sagte Marie. Franzi verdrehte die Augen. »Ich auch.«

Marie zuckte mit den Schultern. »Dann muss wohl mal wieder eine kleine Notlüge her.« Sie zog ihr Handy aus der Hosentasche. »Am besten sagen Kim und ich unseren Eltern, dass wir unbedingt noch eine Nacht in dem tollen Hängebett bei Franzi verbringen wollen.«

Franzi nickte. »Und ich sage meiner Mutter, dass wir heute bei dir übernachten, weil …« Sie sah Marie fragend an. »Warum übernachten wir bei dir?!«

Marie drehte eine Haarsträhne in den Fingern und überlegte kurz. »Weil wir bei uns im Garten auch ein Hängebett gebaut haben und das unbedingt testen wollen.«

Franzi verzog das Gesicht. »Hoffentlich klappt das!«

»Das hoffe ich auch«, sagte Kim und machte ein unglückliches Gesicht.

Franzi wusste, dass ihre Freundin Lügen ganz besonders hasste. Aber manchmal ging es eben einfach nicht anders!

Fünf Minuten später klatschten sich die drei !!! ab.

»Ich glaub's nicht«, murmelte Kim. »Meine Mutter hat uns noch viel Spaß gewünscht!« Sie grinste. »So etwas klappt aber auch nur in den Ferien!«

Marie nickte. »Tessa wünscht uns auch viel Spaß. Sie meinte übrigens, dass sie mich total verstehen kann. Sie will auch so ein Outdoor-Bett in unserem Garten bauen.«

»Super«, sagte Franzi. »Wenn ihr tatsächlich demnächst ein Hängebett habt, dann war unsere Lüge heute gar nicht so groß!«

Kim verdrehte die Augen. »Das ist jetzt aber ein spezialgelagerter Fall von Logik.«
Marie schlug ihr auf die Schulter. »Mach dir einfach keine Gedanken mehr. Wir haben Wichtigeres vor.«
»Allerdings«, sagte Franzi und öffnete die Tür zur Waschküche. Sie schlichen blitzschnell zum Spind, schlossen die Tür auf und eilten die Treppe ins Gewölbe hinab.
Franzi lief sofort zum Brunnen und wollte den Abstieg beginnen, da rief Marie: »Wartet mal!« Sie deutete auf den Boden. Franzi sah hin. Tatsächlich, im Schatten der Brunnenmauer lag eine große, dunkle Tasche!
»Die war heute Morgen, glaube ich, noch nicht da.« Marie kniete sich hin und zog die Tasche ein Stück nach vorne. »Sie ist ziemlich schwer!«, flüsterte sie.
»Mach sie auf!«, sagte Franzi und kniete sich neben ihre Freundin. Kim kauerte sich dahinter und knetete aufgeregt ihre Finger.
Marie zog vorsichtig am Reißverschluss. Zentimeter für Zentimeter öffnete sich die Tasche. Die drei !!! starrten gebannt hin. Franzi schüttelte ungeduldig den Kopf. »Nun mach schon ganz auf! Du tust ja so, als würde da gleich ein giftiger Alien rausspringen!«
»Wer weiß?«, sagte Marie, zog aber den Reißverschluss mit einem Ruck auf. Plötzlich sirrte es und etwas in der Tasche bewegte sich. Marie zuckte zurück, verlor den Halt und stieß gegen Franzi, sodass beide rückwärts gegen Kim fielen. Die konnte sich nicht mehr halten, taumelte und landete schließlich unsanft auf dem Po. »Was ist los?«, rief sie erschrocken aus.

Marie krabbelte ein Stück weiter weg von der Tasche und beäugte sie skeptisch. »Da hat was gezappelt!«
Sie lauschten. Aber nichts tat sich mehr. Franzi schob sich vorsichtig nach vorne und zog die Öffnung der Tasche weiter auf. Sie beugte sich darüber.
Marie und Kim sahen atemlos zu.
Franzi kniff die Augen zusammen. »Schon wieder!«, zischte sie schließlich.
»Da ist eine Drohne drin!«
»Zeig mal.« Kim zog einen Teil der Tasche ganz weg, sodass sie das Fluggerät im Ganzen sehen konnte. »Tatsache.« Sie stupste einen der Propeller an und er begann sich mit einem surrenden Geräusch zu drehen. Nach kurzer Zeit kam er wieder zum Stillstand. »Wahrscheinlich bist du beim Öffnen vorhin an einen der Rotoren gekommen«, mutmaßte Kim.
»Sie ist viel größer als die anderen beiden«, stellte Franzi fest. »Und sie hat acht Propeller.«
Kim packte den Multikopter und zog ihn komplett aus der Tasche. Vorsichtig drehte sie ihn um. Sie nickte. »Hab ich's doch geahnt.« Sie tippte auf einen gelben Aufkleber. »Das Ding gehört der Fachhochschule.«
Marie deutete auf die Tasche. »Da ist noch eine Drohne drin. Sieht genauso aus wie eine von denen, die uns verfolgt haben.«
»Wieso schleppt dieser Typ sämtliche Drohnen aus der FH hierher?«, fragte Franzi. »Meint ihr, er experimentiert heimlich, um eine bessere Note zu bekommen?«
Marie zuckte mit den Schultern. »Aber warum versteckt er die Multikopter dann hier im Gewölbe?!«

»Gute Frage.« Franzi stand auf und klopfte sich den Staub von der Hose. »Jetzt lasst uns erst mal im Brunnen nachsehen.« Sie ging zu der Leiter und schwang sich über den Rand.
»Sei vorsichtig!«, rief Kim.
»Klar!«, antwortete Franzi und begann hinabzuklettern. Am Boden des Brunnens waren kleine Scheinwerfer angebracht. Sie beleuchteten die Leiter gut, sodass Franzi schnell und sicher nach unten gelangen konnte. Gut drei Meter über ihr lugten Kim und Marie über den Brunnenrand und beobachteten aufmerksam jeden ihrer Schritte.
Franzi sah sich um. Mehr als die Hälfte des Bodens war fast einen halben Meter hoch mit Schutt und sandiger Erde bedeckt. Auf der anderen Seite lag eine verschrammte Holzplatte. Eine Schaufel lehnte an der Wand. Daneben, in einer schmalen Nische, stand ein kleines graues Kästchen.
»Und?«, rief Marie zu ihr runter. »Hast du was?«
»Hier ist ein Kästchen!«, rief Franzi nach oben.
»Was ist drin?«, rief Kim ungeduldig. »Mach auf!«
Franzi klappte den Deckel hoch. Das Innere der Kiste war mit einem weichen Stoff ausgeschlagen. Er roch modrig und war an einigen Stellen verschimmelt. Auf dem Stoff lagen eine Kette aus angelaufenen bronzefarbenen Gliedern, zwei kleine, unregelmäßig geformte Münzen und der Ring mit dem hellblauen Stein.
»Da ist der Ring drin, eine Kette und Münzen«, rief Franzi hoch.
»Mehr nicht?«, fragte Marie.
»Das ist doch schon mal etwas!«, gab Franzi genervt zurück.
»Und sonst?«, wollte Kim wissen. »Was ist da?«

Franzi betrachtete die groben Steine der Brunnenwand. Sie sahen ziemlich professionell restauriert aus und waren mit Zement gesichert. Franzi strich über einen Stein, der mehrere Zentimeter herausragte. Ihr Herz begann schneller zu schlagen. War das der Mechanismus, mit dem ein geheimer Gang geöffnet werden konnte? Franzi drückte. Nichts tat sich. Dann zog sie an dem Stein, aber er bewegte sich keinen Zentimeter. Franzi prüfte die Fläche um den Stein herum und gab enttäuscht auf. Nichts deutete darauf hin, dass hier ein geheimer Zugang bestand.

»Ich kann nichts Besonderes entdecken«, rief Franzi hoch. Sie zuckte mit den Schultern. »Kommt doch runter und seht es euch selbst an.«

Marie und Kim beeilten sich, die Leiter hinabzuklettern. Marie untersuchte sofort das graue Kästchen. »Vielleicht ist ein doppelter Boden drin?«, murmelte sie.

Kim sah schweigend auf die Schaufel, dann auf den Erdhaufen und schließlich zu der Holzplatte am Boden. Sie kickte mit ihrem Fuß leicht gegen den Rand der Holzplatte am Boden.

»Nichts!«, murmelte Marie. Sie legte den Schmuck und die Münzen wieder in das Kästchen zurück und schloss es.

»Na also!«, quietschte Kim auf einmal los. Franzi zuckte erschrocken zusammen.

Kim sah zufrieden auf die Holzplatte. Sie hatte sich einige Zentimeter verschoben und ein Spalt zwischen Boden und Platte war sichtbar geworden.

»Da ist ein Loch drunter«, sagte Marie.

Kim nickte. »Das hatte ich erwartet. Mich hat dieser Erdhaufen hier skeptisch gemacht – und die Schaufel!« Sie packte die Platte an und versuchte sie hochzuheben.

»Warte, ich helfe dir«, sagte Franzi und fasste mit an.

Plötzlich ließ sich die Platte so leicht hochheben, dass die Mädchen mit nach vorne gerissen wurden. Franzi musste einen weiten Ausfallschritt zur Seite machen, um nicht in die dunkle Öffnung zu fallen, die sich vor ihr auftat. Mit einem knirschenden Geräusch fiel die Holzplatte gegen die Brunnenmauer und blieb angelehnt stehen.

Kleine Steinchen und Erde prasselten in den Tunnel, der vor ihnen in den Boden führte.

»Leuchtet mal mit einem von den Scheinwerfern rein«, sagte Kim mit heiserer Stimme. »Ich glaube, da ist was drin!«

Wer weiß, wozu er fähig ist?

»Es ist ein Rucksack«, rief Kim. Sie beugte sich tiefer in den Tunnel.

»Sei vorsichtig!«, rief Marie.

»Es geht nur ungefähr einen Meter hinein«, antwortete Kim. Es gelang ihr, einen der Träger zu fassen und den Rucksack hinaufzuziehen. Sie setzte ihn vor sich auf dem Boden ab und klopfte sich Erde von den Händen.

»Was bedeutet das nun schon wieder?«, fragte Franzi.

Kim zuckte mit den Schultern. Sie öffnete den Rucksack und sah vorsichtig hinein.

»Ein Laptop und ein Mäppchen«, zählte Kim auf. Sie holte die Sachen heraus. Als sie das Mäppchen öffnete, blieb ihr der Mund offen stehen.

»Was ist?«, rief Franzi und sah Kim über die Schulter. Dann schluckte sie. In dem Mäppchen befand sich ein dickes Bündel Geldscheine!

Kim blätterte sie durch. »Das sind viele Hunderter und Fünfziger, mehrere Zwanziger und Zehner. Alles Euro. Keine Ahnung, wie viel das ist.«

»Ich glaube, ziemlich viel«, bemerkte Marie. Sie nahm die Hunderter und fing an zu zählen. Bei dreißig hörte sie auf. »Das sind jetzt schon dreitausend Euro. Und den Rest vom Stapel habe ich noch nicht gezählt, das sind mindestens noch mal dreißig Scheine.«

»Der Geist des Laurentius ist ein reicher Mann«, spottete Kim.

»Sven hatte also Angst, dass wir sein Geldversteck im Brunnen entdecken könnten.«

Franzi nickte. Sie klappte den Laptop auf. Dabei kam sie versehentlich an eine Taste. Das Display leuchtete auf.

»Der war gar nicht ausgeschaltet«, stellte Franzi fest. Sie rief die zuletzt benutzte Datei auf.

»Drohne3_Material 1«, las Kim vor. »Das ist eine Fotodatei. Mach mal auf!«

Franzi klickte die Datei an. Auf dem Monitor erschien ein nachtschwarzes Bild, auf dem sich bunte geometrische Gebilde abzeichneten. Es gab Linien, Rechtecke und verwaschene Wolken in Grün und Blau, einige gelbe Flecken und dazwischen mehrere rote Kreise. Franzi klickte weiter, es folgte die Vergrößerung eines Ausschnitts vom ersten Bild. Franzi runzelte die Stirn. »Was ist das?«

»Das müssen Fotos einer Wärmebildkamera sein«, sagte Kim. »Genau solche Bilder habe ich heute Nachmittag am Stand vom Denkmalschutzamt gesehen.« Sie seufzte. »Aber ich habe mich nicht weiter dazu informiert. Egal. Mach mal die anderen Dateien auf.«

Sie klickten sich durch eine Vielzahl von weiteren Fotos. Allerdings waren es jetzt normale Aufnahmen aus der Luft.

»Die haben ja die ganze Gegend hier fotografiert!«, sagte Franzi. »Da.« Sie tippte aufs Display. »Das ist der Hühnerhof von Albrecht Ahlers. Man erkennt die großen Ställe gut. Sie stehen im rechten Winkel zueinander und dazwischen ist die Wiese für den Auslauf der Tiere.« Sie schüttelte den Kopf. »Der Mann hat wirklich recht, die Jungs haben Bilder von seinem Hof gemacht!«

»Aber nicht nur davon«, sagte Kim. »Guck mal, ich glaube, das ist euer Bauernhäuschen.«
Franzi reckte den Hals. »Nicht zu fassen, stimmt!«
»Es gibt aber nur wenige Bilder davon.« Kim klickte weiter. Plötzlich stutzte sie. »Das hier sieht aus wie Kornkreise!«
Franzi rückte näher. Sie erkannte die Höfe von Ahlers und Olbricht, dazwischen lagen das Mais- und das Rapsfeld. Auf der Grenze zwischen beiden Feldern waren undeutliche Spuren zu sehen. Bei genauem Hinsehen waren sie tatsächlich kreisförmig.
Kim schlug sich die Hand vor die Stirn. »Es ist doch völlig klar: Die Jungs betreiben Luftbildarchäologie!« Sie schloss die Bilddateien. »Die suchen nach weiteren Römerschätzen in der Gegend!«
»Und Ahlers hat das irgendwie kapiert und es ihnen verboten«, ergänzte Marie. »Weil er Angst hat, dass jemand mitbekommt, dass in seinem Acker antike Sachen liegen, und dann in großem Stil gegraben wird.«
»So ähnlich muss es sein«, murmelte Kim. Sie klickten weitere Dateien an. Diese zeigten Kartenmaterial, Tabellen und Aufzeichnungen, aus denen sie jedoch nicht schlau wurden. Franzi entdeckte einen Ordner, der mit ›Ahlers‹ betitelt war. Sie klickte ihn an. »Da ist eine Textdatei drin.« Franzi öffnete sie.
Die drei !!! starrten auf den Bildschirm.

Hallo Herr Ahlers,
wir haben herausgefunden, dass Ihr Öko-Hühnerhof gar nicht öko ist! Sie halten zu viele Tiere auf zu kleiner Fläche. Die

Hühner haben nicht den Auslauf, den Öko-Hühner haben müssen. Dafür haben wir eindeutige Beweise!
Wenn Sie uns beim nächsten Drohnenflug wieder in die Quere kommen, machen wir Nägel mit Köpfen. Wir zeigen Sie an! Dann können Sie Ihren Hof vergessen.
Also: Lassen Sie uns in Ruhe – dann lassen wir auch Sie in Ruhe!
Grüße von
Sven und Lukas Olbricht

»Die erpressen Ahlers!«, rief Kim.
Marie blinzelte verwirrt. »Ich komme gerade nicht mehr mit. Was haben die Luftbilder und Römerschätze mit den Hühnern von Ahlers zu tun?«
Kim atmete tief durch und klappte den Laptop zu. »So ganz blicke ich auch noch nicht durch. Aber ich vermute, dass Sven und Lukas Luftbilder mit den Drohnen gemacht haben, um auf den Feldern nach Spuren alter römischer Häuser und Gräber zu suchen. Wahrscheinlich sind sie durch ihren Vater zu dem Hobby gekommen. Und dann haben sie auf Bildern, auf denen der Hof von Ahlers zu sehen ist, irgendwie festgestellt, dass die Hühner zu wenig Fläche zum Auslaufen haben.«
Franzi nickte. »Es gibt einen bestimmten Schlüssel für das Verhältnis von Anzahl der Tiere und Größe der Laufflächen. Nur wenn der erfüllt ist, bekommt ein Bauer das Bio-Zertifikat für seinen Betrieb. Manche halten sich nicht genau daran. Aber es ist schwer nachzuweisen, dass sie dies nicht tun.«
»Es sei denn, du rechnest die Flächen anhand von Luftbil-

dern nach und beschaffst dir die Anzahl der Tiere«, sagte Kim. »Genau das haben Sven und Lukas gemacht.« Sie steckte den Laptop zurück in den Rucksack und griff nach dem Mäppchen. »Woher die Jungs das Geld haben, würde mich auch interessieren!«

Marie biss sich auf die Lippe. »Vielleicht hat Ahlers es ihnen gegeben? Damit sie schweigen?«

»Aber sie haben doch gar kein Geld gefordert«, sagte Franzi.

Kim seufzte. Sie warf sich den Rucksack über die Schulter. »Wie auch immer, ich fürchte, wir müssen Kommissar Peters informieren. Albrecht Ahlers hat definitiv einen Grund, die Jungs festzuhalten.« Sie räusperte sich. »Die Sache ist ernst. Es geht nicht nur darum, dass er einfach genervt ist von den Drohnen der Jungs. Seine gesamte Existenz steht auf dem Spiel. Wer weiß, wozu er fähig ist.«

Marie schluckte. »Kommt, beeilen wir uns.«

»Wir müssen dringend mit Kommissar Peters sprechen«, sagte Kim, als Frau Olbricht ihnen die Tür geöffnet hatte.

Die Frau machte ein enttäuschtes Gesicht. »Ihr seid es! Ich hatte gehofft, Sven und Lukas …« Sie schluckte. »Nun ja, aber …« Sie sah die drei !!! erstaunt an. »Ich dachte, ihr wärt längst nach Hause gegangen!«

Franzi trat nervös von einem Bein aufs andere. »Nein, wir … wir haben da noch mal eine Sache überprüft. Bitte, wir müssten dringend zum Kommissar.«

»Der ist rübergefahren zum Hof von Albrecht Ahlers.«

Kim riss die Augen auf. »Hat man den Landwirt denn gefunden?«

Frau Olbricht schüttelte den Kopf. »Nein, immer noch nicht. Deswegen hat der Kommissar auch Verstärkung angefordert und ist selbst zum Hof gefahren, um sich ein Bild zu machen.«

Die drei !!! sahen sich an. »Alles klar«, sagte Franzi. »Dann stören wir Sie nicht länger, einen schönen Abend noch.« Sie nickte und versuchte ein Lächeln. »Kommissar Peters ist der beste Mann in der Stadt. Ihre Jungs werden bestimmt bald wieder da sein!«

Frau Olbricht tupfte sich eine Träne aus dem Augenwinkel. »Ich hoffe es.« Sie winkte den Mädchen kurz zu und schloss die Tür.

Kim schob den Rucksack zurecht. »Dann laufen wir eben zum Hühnerhof rüber. Wir müssen dem Kommissar unbedingt den Erpresserbrief und die Dateien zeigen.«

Die Sonne stand wie ein glutroter Ball tief am Himmel, als die drei !!! den Wirtschaftsweg betraten, der hinter dem Gehöft der Familie Olbricht begann und zu einem Birkenwäldchen führte. Franzi lief vorneweg. »Wenn wir durch das Wäldchen gehen, sind wir schneller da«, rief sie.

Der Wind frischte auf. Er fuhr durch das dichte Laub der Bäume. Es raschelte und knackte und die Blätter funkelten orangefarben und hellgrün im Licht der untergehenden Sonne.

»Vorne an der Gabelung müssen wir links«, sagte Franzi. »Dann sind es nur noch ein paar Minuten und wir kommen von hinten beim Hühnerhof raus.«

Kim und Marie nickten stumm. Sie liefen eine Weile schweigend weiter.

Plötzlich blieb Marie stehen. »Hört ihr das? Ist das ein Auto?«

Franzi und Kim lauschten. »Ja«, sagte Franzi schließlich. »Das kommt von da vorne.«

»Dürfen hier überhaupt Autos fahren?«, wollte Marie wissen.

»Das ist ein privater Wirtschaftsweg«, antwortete Franzi. »Hier darf nur …«

»Vorsicht!«, zischte Kim plötzlich und zog Franzi und Marie vom Weg. »Von rechts kommt ein dunkler Van! Ich glaube, das ist Ahlers!«

Die drei Detektivinnen duckten sich hinter ein paar großen Farnen. Franzis Herz pochte hart gegen ihre Rippen. Tatsächlich! Da vorne kam gerade der dunkelblaue Van des Hühnerbauern auf die Weggabelung zugerollt!

»Das nenne ich Timing«, flüsterte Marie.

»Allerdings«, murmelte Kim.

Der Wagen wurde im Schritttempo weitergelenkt. An der Gabelung hielt er sich rechts und rollte in langsamem Tempo weiter.

»Da geht es aber nicht zum Hühnerhof«, stellte Franzi fest. Sie krabbelte hinter dem Farn hervor und suchte Deckung hinter drei dicht beieinanderstehenden Birken. Sie starrte dem Fahrzeug hinterher.

Kim und Marie robbten ebenfalls aus dem Farn heraus und drängten sich neben Franzi hinter die Birken.

»Solange er nur im Schritttempo fährt, können wir ihm leicht folgen«, sagte Marie. »Die Bäume geben eine gute Deckung.«

Sie warteten einen Augenblick, bis sich die Entfernung zum

Van vergrößert hatte, und hechteten dann hinter die nächste Baumgruppe.

»Wo will er hin?«, fragte Kim. Sie strich sich durch die Haare und entfernte ein Blatt.

Franzi biss sich auf die Lippe. »Keine Ahnung. Aber in ungefähr fünfhundert Metern kommt die Umgehungsstraße. Wenn er da rauffährt und Gas gibt, haben wir keine Chance mehr, ihm zu folgen.«

Sie sprinteten zur nächsten Baumgruppe. »Außerdem hört der Wald gleich auf«, murmelte Franzi. »Dann haben wir keine Deckung mehr.«

»Wir müssen Peters anrufen«, rief Marie. »Die sollen ihn an der Straße abfangen.«

Kim nickte und zog das Handy aus der Tasche.

»Er wird immer langsamer«, sagte Marie plötzlich. »Da! Er biegt ab!«

Der Wagen rollte aus dem Wald heraus und verschwand aus dem Gesichtsfeld der drei Mädchen. Franzi lief weiter vor. Direkt an den Wald schlossen sich Felder an. Der Wirtschaftsweg führte in sanften Kurven durch hoch stehendes Futtergras und goldgelben Roggen. Der Van war nicht mehr zu sehen! Franzi schüttelte verwirrt den Kopf. Doch dann entdeckte sie eine große, frei stehende Scheune zu ihrer Rechten. Daneben stand der dunkelblaue Wagen.

Franzi atmete erleichtert aus.

Kim und Marie kamen angelaufen.

»Runter!«, zischte Franzi und zog die beiden mit sich auf den Boden. »Er steht vor der Scheune!«

Die Fahrertür des Vans wurde geöffnet, Ahlers sprang heraus

und lief zu dem großen Holzgebäude. In Windeseile schloss er ein Vorhängeschloss auf, hob den Verschlussbalken am Tor hoch und stieß es auf. Dann ging er zum Wagen zurück und kletterte wieder hinein. Der Motor wurde angelassen und der Van rollte langsam in die Scheune hinein.
»Bestimmt hat er das Polizeiauto von Peters bei sich auf dem Hof gesehen«, flüsterte Marie. »Und jetzt versteckt er die Jungs in der Scheune!«
Franzi nickte. »Aber die Rechnung hat er ohne uns gemacht.«
»Worauf wartet ihr?«, rief Kim. »Er sitzt in der Falle!«
Die drei Detektivinnen pirschten sich vorsichtig an die Scheune heran. In dem Moment, als sie das Gebäude erreichten, verschwand das Heck des Vans darin. Gemeinsam stemmten die Mädchen sich gegen das schwere Holztor, ließen es vorschwingen und schlugen es zu. Franzi fasste nach dem Riegel, das Holz fühlte sich trocken und rissig an. Sie versuchte, ihn herunterzudrücken. Es knirschte, aber nichts tat sich. Panisch rüttelte Franzi an dem Balken. Er ließ sich nicht bewegen! Kim und Marie griffen zu. Mit großer Kraftanstrengung gelang es ihnen gemeinsam, den Keil nach unten zu drücken. Knirschend fiel er in die Metallhaken. Das Tor war verriegelt!
Marie ließ sich mit dem Rücken an der Holzwand hinabgleiten und hockte sich ins Gras. Sie legte den Kopf in den Nacken. »Geschafft!«, stieß sie zufrieden hervor.
Kim nickte und wählte die Nummer des Kommissars.
Franzi linste durch ein Astloch. Der Van stand vollkommen still im Halbdunkel der Scheune. Eine Weile passierte nichts. Dann wurde die Fahrertür des Vans zögernd geöffnet. Ahlers

streckte den Oberkörper heraus und sah nach hinten. Er schüttelte den Kopf, sprang aus dem Van und lief zum Tor. Franzi schreckte zurück. Im nächsten Moment wackelte das Tor leicht. Ahlers schien sich von innen dagegenzustemmen. Dann passierte eine Weile nichts. Plötzlich gab es einen donnernden Schlag und der Riegel knirschte in seiner Verankerung. Derbes Fluchen drang dumpf aus dem Inneren der Scheune hervor.

Franzi riss die Augen auf. »Hoffentlich hält der Balken!«

Kim winkte ab. »Der Kommissar ist in wenigen Minuten da.«

»Was zum Teufel ist hier los!«, schrie Ahlers durch das Scheunentor. »Wer ist da? Lassen Sie mich heraus!« Ein weiterer polternder Schlag ließ das Tor erzittern.

Franzi ballte die Hände zu Fäusten. Hoffentlich kam Peters schnell genug!

Vollkommen durchgedreht!

»Hier ist die Polizei«, rief Kommissar Peters und trat einen Schritt näher an das Scheunentor heran. Er bedeutete seinen beiden Kollegen, sich neben ihn zu stellen. »Wir werden jetzt öffnen. Bitte verhalten Sie sich ruhig!«
Die Schläge gegen das Tor verstummten. Ahlers' erschrockene Stimme war zu hören: »Polizei?!«
Der Kommissar nickte und die beiden Polizeibeamten schoben den Riegel zurück. Das Tor schwang knarrend einen Spalt auf. Der Kommissar zog es weiter auf. »Kommen Sie heraus!«
Albrecht Ahlers erschien mit hocherhobenen Armen. »Aber ich habe nichts getan«, sagte er mit brüchiger Stimme.
»Von wegen! Sie mieser Entführer!«, schrie Marie den Landwirt an.
Peters sah sie streng an. »Bitte überlass das mir.«
Ahlers sah Marie aus großen Augen an. »Was sagst du? *Entführer*?« Er ließ die Arme sinken.
Marie biss sich auf die Lippe. »Am besten, Sie sehen sofort in dem Transporter nach«, sagte sie zum Kommissar. »Sie müssen dadrin sein, schon den ganzen Tag. Wer weiß, wie es ihnen geht.«
»Bist du verrückt?«, schrie Ahlers plötzlich los. »Ich habe sie gekauft! Außerdem sind sie da noch keine Stunde drin!«
Franzi durchfuhr es wie ein Stromschlag. Was hatte Ahlers eben gesagt? Der Mann musste ja vollkommen durchgedreht sein!

Kommissar Peters schien Ähnliches zu denken. »Legt ihm Handschellen an«, rief er seinen Kollegen zu. Ahlers ließ alles widerstandslos geschehen. Er schüttelte nur unentwegt den Kopf und murmelte: »Das gibt es doch nicht!«
Peters eilte in die Scheune. »Brauche ich einen Schlüssel?«, rief er über die Schulter zurück.
»Nein, die Hecktür ist nicht abgeschlossen!«, rief Ahlers zurück.
Die drei !!! folgten Peters in die Scheune. Sie beobachteten besorgt, wie er an den Van klopfte und laut »Hallo?« rief. Niemand antwortete.
Peters riss die Tür zum Laderaum auf. Plötzlich erklang lautes Gackern und ein merkwürdiges Rascheln. Der Kommissar machte einen Satz zurück und fasste nach der Pistole in seinem Holster. Marie stieß einen Schrei aus.
Einer der Polizisten kam angelaufen. Auch er hatte die Hand an seiner Waffe. Vorsichtig lugte er seitlich in den Van hinein. Dann entspannte er sich sichtlich. »Es sind Hühner«, verkündete der Mann. Er pustete sich eine helle Feder von der Uniform. »Der Wagen ist voller Käfige mit Hühnern.«
Franzi trat ungläubig an den Transporter heran. Das Gackern schwoll an.
Es stammte tatsächlich von gut einem Dutzend Junghennen, die sich in großen Einzelkäfigen befanden und Franzi aus weit aufgerissenen Augen anstarrten. Einige schlugen wild mit den Flügeln.
»Am besten, wir machen die Tür zu, damit sich die Tiere beruhigen«, sagte Franzi leise. Der Kommissar nickte und schob die Hecktür sanft zu. Er wischte sich über die Stirn.

»Und was hat das jetzt alles zu bedeuten, wenn ich fragen darf?« Er sah die drei !!! ratlos an. »Ihr sagtet, Sven und Lukas Olbricht seien da drin!«

Kim war knallrot angelaufen. »I… ich verstehe das nicht«, stotterte sie.

Der Kommissar schob die drei Mädchen aus der Scheune. »Dann fragen wir einmal Herrn Ahlers«, murmelte er.

Der Landwirt saß zusammengesunken auf einem Baumstumpf. Er hob langsam den Kopf, als der Kommissar und die drei !!! auf ihn zukamen.

»Die haben mich also angezeigt!«, sagte Ahlers. Er schluckte schwer. »Ich hätte nicht gedacht, dass die Polizei so schnell und rigide vorgeht.«

»Wer soll Sie angezeigt haben?«, wollte der Kommissar wissen. »Und weshalb? Sind die Hühner gestohlen?«

Der Landwirt hob seine gefesselten Hände und verbarg sein Gesicht darin. »Nein, ich sagte doch, dass ich sie gekauft habe!« Er nahm die Hände vom Gesicht und legte sie in den Schoß. »Das müssen Sie doch wissen. Sven und Lukas Olbricht haben Ihnen ja bestimmt die Beweise übergeben.«

Der Kommissar zog eine Augenbraue hoch. »Ich glaube, wir reden hier gerade gehörig aneinander vorbei.«

Der Landwirt sah Peters verständnislos an.

»Wo sind die Jungs?«, platzte Franzi in das Schweigen hinein. »Was haben Sie mit ihnen gemacht? Sven und Lukas haben Sie wegen dieser Öko-Hühner-Geschichte erpresst. Und Sie wollten sie loswerden und haben die beiden entführt! Also –« Franzi stemmte die Hände in die Seiten. »Reden Sie schon!«

Albrecht Ahlers schüttelte vehement den Kopf. »Ich habe die Jungen nicht entführt! Wir haben uns heute Mittag ausgesprochen und dann habe ich sie auf dem Hof ihrer Eltern abgesetzt. Wieso sollte ich sie loswerden wollen?« Er biss sich auf die Lippe. »Obwohl ich *jetzt* wirklich eine Riesenwut auf die beiden habe! Sie haben sich nicht an unsere Abmachung gehalten. Jetzt werde ich sie anzeigen!«
»Moment mal!«, unterbrach Peters. Er strich sich nervös über seinen Schnauzbart. »Mir fehlen definitiv entscheidende Teile, um der Geschichte hier folgen zu können! Ich bitte um Aufklärung!« Er funkelte die drei !!! verärgert an und verschränkte die Arme vor der Brust. »Die Damen. Sie können jetzt sprechen. Bitte schön!«
Kim hob beschwichtigend die Hände. »Wir haben auch gerade erst vor Kurzem ein entscheidendes Detail herausgefunden. Wir waren schon auf dem Weg zu Ihnen, um Sie zu informieren. Aber dann ist uns Herr Ahlers mit seinem Transporter dazwischengekommen.« Kim setzte den Rucksack ab und zog den Laptop heraus. Sie klappte das Gerät auf, öffnete die Datei mit dem Erpresserschreiben und zeigte es Peters. »Hier: Sven und Lukas Olbricht haben herausgefunden, dass Herr Ahlers nicht die Richtlinien für seinen Öko-Hühnerhof erfüllt. Sie haben ihm angedroht, ihn anzuzeigen, wenn er sie nicht weiter ihre Drohnen über seine Felder fliegen lässt.«
Ahlers lachte höhnisch auf. »Wisst ihr, warum sie die Dinger dauernd herumfliegen lassen? Sie suchen die Felder nach Spuren alter römischer Gebäude ab. Und dann graben sie illegal!« Die Wangen des Landwirts färbten sich rot. »Sie ha-

ben wohl gedacht, ich kapiere nicht, dass sie heimlich auf meinen Feldern herumgraben. Aber natürlich habe ich das gemerkt. Sie haben einen Haufen alter römischer Schmuckstücke und Gebrauchsgegenstände gefunden – und sie verticken die im Internet! Und das ist auch illegal!«

Kim blieb der Mund offen stehen. »Woher wissen Sie das?«

Ahlers schnaubte. »Ich habe mich schlaugemacht! Sven ist in allen einschlägigen Internetforen unterwegs, in denen zwielichtige Typen Antiquitäten verschachern und kaufen. Und er verkauft viel!«

Kim zuckte zusammen. Sie zog das Mäppchen mit dem Geld aus dem Rucksack. »Jetzt wissen wir wohl auch, woher das viele Geld stammt!«

Sie übergab dem Kommissar das Täschchen. »Wir haben es in einem Versteck zusammen mit dem Laptop gefunden.«

Peters nahm das Mäppchen wortlos an sich, warf einen Blick hinein und pfiff durch die Zähne.

»Es gibt sogar Videos im Netz«, fuhr der Landwirt fort. »In denen brüstet sich Sven mit seinen tollen Fundstücken und seiner Grabungsmethode.« Ahlers kniff die Augen zusammen. »Ich fand es nicht in Ordnung, dass der Junge wertvolle alte Schätze einfach verschachert. Das gehört sich nicht! Deshalb habe ich ihm untersagt, die Drohnen über die Felder fliegen zu lassen.«

Marie räusperte sich. »Wahrscheinlich hatten Sie aber auch Angst, dass er auf den Luftbildern sehen könnte, dass die Laufflächen für Ihre Hühner viel zu klein sind. Oder?«

Ahlers lief dunkelrot an. »Das ist eine Unterstellung!«

»Die sehr wahrscheinlich genau zutrifft«, ergänzte der Kommissar. »Aber das wird zu einem anderen Zeitpunkt zu klären sein.«

Kim räusperte sich. »Herr Ahlers, habe ich es richtig verstanden: Sie haben den Jungs das Graben verboten, daraufhin haben die Jungs Sie wegen der Öko-Sache erpresst, woraufhin Sie den Jungs gedroht haben, ihren Handel mit Antiquitäten auffliegen zu lassen.«

Der Landwirt nickte. »Genau. Ich dachte, wir wären damit quitt! Wir sind mit Handschlag heute Mittag auseinandergegangen.«

»Die Jungs haben Sie auch gar nicht angezeigt«, sagte Franzi.

Ahlers sah sie erstaunt an.

»Wir haben Ihren Transporter vorhin zufällig im Wäldchen gesehen. Da wir dachten, dass Sie Sven und Lukas darin gefangen halten, haben wir Sie verfolgt und in der Scheune eingesperrt!«

»Und die Polizei gerufen«, ergänzte Kim.

Ahlers nickte stumm und sah den Kommissar an. »Die Jungen sind also verschwunden? Wo könnten sie bloß stecken?«, murmelte der Landwirt leise. Er schien ehrlich besorgt zu sein.

Peters räusperte sich. »Wir tun unser Möglichstes, die beiden zu finden. Ich möchte Sie jetzt bitten, mit den Kollegen aufs Präsidium zu fahren und dort Ihre Aussage zu machen. Bitte haben Sie Verständnis dafür, dass ich Sie als Verdächtigen behandeln muss. Sie waren offensichtlich der Letzte, der Kontakt mit den Jungen hatte!«

»Ja, natürlich.« Ahlers seufzte. Dann kratzte er sich am Ohr. »Vielleicht können Sie noch den Hufschmied kontaktieren,

Einar Winter. Er war heute Mittag auf dem Olbricht-Hof und müsste eigentlich gesehen haben, wie ich die Jungs aus dem Transporter habe aussteigen lassen.«

Der Kommissar nickte. »Das machen wir selbstverständlich!« Er bedeutete den Polizisten, die Fessel an Ahlers' Handgelenk zu lösen, und verabschiedete sich von dem Mann.

Dann wandte er sich den drei !!! zu. »Bitte gebt mir jetzt den Laptop, damit wir die Dateien auswerten können. Vielleicht finden sich Hinweise auf den Verbleib der Jungen.«

Die Mädchen tauschten einen Blick. Kim sah auf den Laptop, den sie, immer noch geöffnet, im Arm hielt. Sie rief die neueste Datei mit den Wärmebildern auf. »Vielleicht sind die Jungen wieder auf Schatzsuche gegangen und graben irgendwo. Man müsste …« Kim verstummte und starrte nachdenklich auf das Display.

»Meine Kollegen und ich kümmern uns darum!«, sagte Peters. Er sah auf seine Armbanduhr. »Es ist bald zehn. Ich kann es nicht verantworten, dass drei minderjährige Mädchen hier auf den Feldern durch die Gegend laufen! Ich fahre euch jetzt nach Hause!«

»Aber das ist gar nicht nötig«, sagte Franzi schnell. »Wir … wir übernachten alle bei mir. Wir müssen nur fünf Minuten laufen!«

»Keine Widerrede!«, antwortete der Kommissar. »Mein Auto steht da drüben. Ach, und Kim, den Laptop, bitte!«

Kim verdrehte die Augen, warf einen letzten Blick auf den Monitor, klappte das Gerät zu und überreichte es Peters.

Mit hängenden Köpfen folgten die drei Detektivinnen dem Kommissar zu seinem Wagen.

Holt uns hier raus!

Fünf Minuten später standen die drei !!! auf der Koppel hinter dem Bauernhäuschen der Familie Winkler. Kim klopfte Franzi auf die Schulter. »Du bist genial!«, sagte sie leise. »Dass du daran gedacht hast, den Kommissar zur hinteren Einfahrt zu lotsen, wirklich genial!«

Franzi zuckte mit den Schultern. »Wenn er uns direkt auf den Hof gefahren hätte, wären meine Eltern doch sofort aufmerksam geworden.« Sie grinste. »Dann hätten wir die halbe Nacht erklären können, warum wir jetzt doch nicht bei Marie übernachten wollten und uns ausgerechnet vom Kommissar haben herfahren lassen.«

Marie nickte erleichtert. »Zum Glück hast du mitgedacht!«

»Wir sollten uns beeilen«, mahnte Franzi an. »In einer halben Stunde wird es dunkel!«

»Gut, lasst uns losgehen«, sagte Marie. »Soll der Kommissar ruhig mit seinen Leuten stundenlang irgendwelche Dateien auswerten. Wir machen jetzt einfach!«

»Wartet, noch einen Moment!«, sagte Kim. »Ich muss mich noch mal konzentrieren.« Sie ging in die Hocke, schloss die Augen und atmete ruhig und regelmäßig ein und aus.

Franzi sah ihre Freundin bewundernd an. Kim konnte sich Dinge, die sie ein Mal gesehen hatte, sehr gut merken. Manchmal hatte sie ein richtig fotografisches Gedächtnis. Sie konnte dann jedes Detail haarklein aus ihrem Gedächtnis abrufen. Vorhin hatte Kim Franzi und Marie erklärt, dass ihr beim Anblick der letzten Fotodatei auf dem Laptop aufgefallen war, dass ein Teil der bunten geometrischen Formen mit den Höfen der Familien Olbricht und Ahlers übereinstimmten. In direkter Verlängerung zur Ostseite des Hühnerhofs waren fünf rote Kreise in einem gelben Gespinst zu sehen gewesen. Was das gelbe Gebilde bedeutete, war Kim nicht ganz klar gewesen, aber von den roten Kreisen nahm sie an, dass es sich um alte römische Rundgräber handelte. Sie hatte am Stand des Denkmalschutzamtes gelesen, dass die Römer oft in der Nähe ihrer Landgüter auch Gräberfelder errichteten, in denen die Toten bestattet wurden. In die Gräber wurden Schmuck und andere kostbare Dinge hineingelegt. Kim vermutete daher, dass Sven und sein Bruder genau nach diesen Rundgräbern suchten, um sie auszubeuten und die Sachen zu verkaufen.

»Okay!«, sagte Kim und öffnete die Augen. »Wir können!«

Sie liefen schweigend bis zum Ende der Koppel, kletterten über den Holzzaun und schlugen den Weg zu den Feldern ein. »Wie gut, dass Tinka diese Woche bei Rosie auf der Koppel steht«, sagte Franzi. »Mein Pony hätte uns hier nicht einfach so durchlaufen lassen!« Franzi grinste. »Da wären ein paar Möhren als Bestechung Minimum gewesen – oder minutenlanges Mähnenkraulen!«

Marie lächelte. »Du und deine Tiere! Dabei fällt mir ein: Wo steckt eigentlich Polly? Die habe ich gestern und heute gar nicht gesehen.«

Franzis hinkendes Zwerghuhn lief immer frei durch den Garten und über die Wiesen des Bauernhäuschens. Nur abends ging es in seinen Schlafstall mit dem großen Gehege. Franzi zuckte mit den Schultern. »Wir haben ihr Gehege größer gemacht und lassen sie jetzt auch tagsüber drin. Ihr Tick ist in der letzten Zeit etwas, ähm, nervig geworden.«

Marie wich einem Schlagloch aus. »Welcher Tick?«

»Sie jagt doch so gerne Schuhbändel«, erklärte Franzi. »Ich habe versucht, ihr das Würmerfangen mit einem losen Bändel beizubringen. Das hat gut geklappt. Bloß ist sie jetzt so auf die Dinger fixiert, dass sie jedem hinterherrennt, der Schnürschuhe trägt.«

Marie lachte auf. »Das ist doch lustig!«

Franzi zuckte mit den Schultern. »Sag das mal einer alten Lady, die ihren verschnupften Mops zu meinem Vater bringt und vor der Praxis auf ein verrücktes Huhn trifft, das sich auf ihren Schuh setzt und wild darauf herumpickt!«

Marie kicherte. »Da wäre ich zu gerne dabei!«

»Wartet mal!«, rief Kim plötzlich und blieb stehen. »Jetzt bin ich verwirrt. Von hier aus müsste man doch den Olbricht-Hof schon sehen!«

Franzi schüttelte den Kopf. »Der kleine Eichenwald da vorne versperrt die Sicht darauf. Aber gleich dahinter ist der Hof.«

Kim machte ein nachdenkliches Gesicht. Plötzlich schnippte sie mit dem Finger. »Dann ist das gelbe Zeug auf dem Foto der Wald!«

»Ich habe keine Ahnung, wovon du sprichst«, raunte Franzi. »Aber du hast bestimmt recht.«

Kim lief wieder los. Sie steuerte auf das Wäldchen zu. Als sie den Rand erreicht hatten, holte sie ihre Taschenlampe hervor. »Da drin ist es bestimmt schon komplett dunkel.«

Franzi und Marie zerrten ebenfalls ihre Lampen aus der Jackentasche.

Plötzlich verharrte Marie mitten in der Bewegung. Sie legte den Kopf schief. »Hört ihr das?«

Franzi und Kim erstarrten und lauschten. Nach einer Weile nickte Kim. »Ich höre Schläge.«

»Als ob jemand auf Metall klopft«, ergänzte Franzi.

»Genau«, sagte Marie. »Wer macht nachts in einem Wäldchen solchen Lärm?«

»Zwei verrückte Jungs, die auf der Suche nach Römerschätzen sind?«, fragte Kim.

»Könnte sein!«, rief Marie.

Die drei !!! liefen ein Stück in den Wald hinein.

»Wenn sie sich bei einem der Römergräber befinden, müssen sie sich am Waldrand aufhalten«, sagte Kim. Sie formte die Hände zu einem Trichter und rief laut: »Hallo? Ist da jemand?«

Nichts tat sich.

Kim rief erneut.

»Hallo?«, schallte es jetzt zurück. »Wir sind hier!«

»Wo?«, schrie Kim in die Nacht.

»Hier! Im Wald!«

»Das sind eindeutig die Jungs«, stellte Marie fest.

»Alles klar bei euch?«, rief Franzi.

»Nein!«, ertönte eine verzweifelte Jungenstimme. »Mein Bruder ist verletzt!«

»Nicht so schlimm!«, ertönte eine andere Stimme. »Aber helft uns!«

»Wo seid ihr?«, wiederholte Kim.

»Im Wald!«, kam es umgehend zurück.

Kim stöhnte auf. »Das gibt's doch nicht. Wie doof kann

man eigentlich sein?« Sie gab ein Signal mit ihrer Taschenlampe. »Wo im Wald?! Könnt ihr das Licht sehen?«
Eine Weile herrschte Stille. Kim blinkte wie wild mit ihrer Taschenlampe umher.
Plötzlich kam wieder ein Ruf. »Ja, wir haben es gesehen!«
»Okay!«, rief Kim zurück. »Schreit und klopft einfach weiter, wir versuchen, euren Stimmen zu folgen.«
Tatsächlich erschallte von dem Moment an in regelmäßigen Abständen ein Rufen, ab und an folgte ein metallisches Klopfen.
Die drei Detektivinnen folgten den Lauten. Und plötzlich kam eine Stimme von ganz nah.
»Hier! Hilfe!«
Kim leuchtete mit der Taschenlampe nach vorne. Der Lichtkegel erfasste einen kleinen Bagger. Er befand sich in starker Schräglage.
Franzi sog scharf die Luft ein und leuchtete mit ihrer Lampe zum Fuß des Schaufelladers. Ein Abgrund tat sich davor auf! Aus der Tiefe erschallte erneut eine Stimme: »Hilfe!«
Die drei Detektivinnen eilten zur Abbruchkante des Lochs. Franzi leuchtete hinein. Sven und Lukas saßen zusammengekauert in vielleicht vier Metern Tiefe auf dem Erdboden. Ihre Gesichter waren bleich und schmutzverschmiert, ihre hellen T-Shirts und die Jeans vollkommen verdreckt.
»Ihr habt uns gefunden!«, erklang Svens erleichterte Stimme. Er richtete sich halb auf, wobei er vor Schmerz stöhnte und darauf achtete, den rechten Fuß nicht zu belasten. »Ich habe mir den Knöchel verstaucht oder gebrochen«, sagte er mit schwacher Stimme. Er sah zu Franzi hinauf und flehte: »Holt

uns hier raus!« In dem Moment fiel Franzis Blick auf einen riesigen Fleck auf Svens T-Shirt. Er war dunkelrot. Franzi schnappte nach Luft. Das war Blut. Viel Blut! In dem Moment rief Marie: »Wir müssen uns beeilen, Sven hat eine stark blutende Wunde!«

»Was?«, rief Sven. Er sah an sich herunter und zog das T-Shirt ein Stück vom Körper weg. »Meinst du den Fleck?« Er schüttelte den Kopf. »Nein, das ist Red Berry Tea. Den habe ich verschüttet, als der Bagger eingebrochen ist.«

Marie verdrehte die Augen. »Dann ist ja gut.«

»Wie kriegen wir sie da wieder raus?«, fragte Kim. Sie lief vorsichtig am Rand des Erdkraters entlang. Plötzlich stieß sie einen spitzen Schrei aus. Franzi sah, dass Kim vor einem großen Tongefäß stand. Es war stark beschädigt und dutzende von Tonscherben lagen an seiner Seite. Kim hob eine Plastiktüte auf. Sie war prall gefüllt mit Schmuckstücken und kleinen Glasfläschchen. »Ich fasse es nicht!«, rief Kim. Sie beugte sich über die Abbruchkante und schrie hinunter: »Ihr habt diese Tongefäße kaputt gemacht! Reicht es nicht, dass ihr Gräber ausraubt? Müsst ihr auch noch ein Schlachtfeld hinterlassen? Es ist echt nicht zu glauben!«

Die Jungen zogen die Köpfe ein.

Franzi legte Kim eine Hand auf die Schulter. Sie spürte, dass ihre Freundin vor Wut zitterte.

»Wir müssen ihnen trotzdem helfen!«, sagte Franzi.

Kim schnaubte: »Du glaubst nicht, wie sauer ich bin! Ich würde sie am liebsten einfach da unten schmoren lassen!«

Marie nickte. »Kann ich verstehen. Aber das bringt doch nichts. Jetzt komm erst mal runter. Dann überlegen wir, wie

wir die Jungs aus dem Loch holen.« Sie schnippte mit dem Finger. »Ich glaube, es ist höchste Zeit für unseren Powerspruch!«
»Gute Idee«, murmelte Kim.
Die drei Mädchen stellten sich eng zusammen und streckten die Arme in die Mitte. Gemeinsam riefen sie: »Die drei !!!.«
Kim sagte: »Eins!«, Franzi »Zwei!« und Marie folgte mit »Drei!«.
Dann riefen sie aus voller Kehle: »Power!!!«, und warfen dabei die Arme in die Luft.
»Das hat gutgetan!«, sagte Kim und lächelte. »Jetzt ist mein Kopf viel freier!« Sie rieb sich die Hände. »Okay, lasst uns nachsehen, ob in dem Bagger ein Abschleppseil oder etwas Ähnliches ist. Damit können wir sie –«
»Hallo?«, drang es zweistimmig aus dem eingebrochenen Grab herauf. »Wenn ihr da oben mit euren Gesängen fertig seid, könnt ihr uns dann endlich mal helfen?«
Kim blieb der Mund offen stehen.
Franzi grinste. »Wisst ihr was? Mein Kopf ist jetzt gerade so frei geworden, dass mir vollkommen klar ist, dass hier nur Polizei und Feuerwehr etwas ausrichten können.« Sie beugte sich über den Krater und rief: »Wir können gerade leider nichts machen. Wir organisieren Hilfe!«
»Aber nicht die Feuerwehr oder Polizei! Bitte!«, schallte es panisch zurück.
»Das hättet ihr euch vorher überlegen müssen!«, sagte Kim und zog ihr Handy aus der Hosentasche.

Detektivtagebuch von Kim Jülich
Sonntag, 15:03 Uhr
Wahnsinn!!! Dieser Fall hatte es in sich! Alles hat mit einem ›Ufo‹ angefangen und endete bei Raubgräbern, die antike römische Schätze verschacherten. Es ist uns gelungen, die Täter innerhalb von 24 Stunden dingfest zu machen!! Wobei sie es uns zum Schluss ziemlich leicht gemacht haben, weil sie sich sozusagen selbst eine Grube gegraben haben, in der sie dann gefangen waren. Die Feuerwehr hat über eine Stunde gebraucht, um die beiden Täter, Sven und Lukas Olbricht, zu befreien. Jetzt müssen sie sich wegen Raubgräberei, Fund-Unterschlagung und Hehlerei verantworten. Das kann besonders für Sven eine richtig heftige Strafe geben, weil er schon volljährig ist. Was mit seinem fünfzehnjährigen Bruder ist, weiß ich nicht. Das werde ich aber sicher nächste Woche erfahren, wenn ich mit Kommissar Peters telefoniere und er mir noch offene Details berichtet.
Es ist so schade, dass dieser Sven Olbricht sein Hirn nicht für irgendwelche anderen, nützlichen Dinge eingesetzt, sondern eine dermaßen große kriminelle Energie entwickelt hat (wie Kommissar Peters es formuliert hat).
Sven hat gestern bei seiner Festnahme erzählt, dass er alles nur gemacht hat, um seinem Vater zu helfen. Der Hof der Olbrichts steckt in großen finanziellen Schwierigkeiten. Herr Olbricht hat vor einigen Jahren seinen Hof vergrößert und sich hoch verschuldet. Leider reichen die Erträge der Landwirtschaft nicht aus, um die Schulden zurückzuzahlen und das Leben der Familie zu finanzieren. Also hat Sven beschlossen zu helfen. Er hat mitbekommen, dass ein Bekannter sehr viel Geld für ein paar antike Münzen erhalten hat, die er auf seinem Feld gefunden

und heimlich verkauft hat. Da hat sich Sven an einen Römerkeller unter dem Haus erinnert, den sein Vater vor Jahrzehnten entdeckt hatte. Er hat angefangen, die Sachen, die sein Vater dort aufbewahrte, zu verkaufen. Allein für eine Halskette aus Bronze hat er zweitausend Euro bekommen! Dann aber waren kaum noch Sachen da und Sven hat im Brunnen im Keller weitergegraben. Dort hat er aber nicht mehr viel gefunden. Er hat sich schlaugemacht und ist darauf gekommen, dass draußen auf den Feldern alte Gräber mit wertvollen Grabbeigaben sein müssen. Und jetzt kommt der Hammer!

Da Sven an der Fachhochschule bei einem Projekt mitarbeitet, bei dem es um den Einsatz von Drohnen geht, hat er erfahren, dass die Dinger auch von Archäologen eingesetzt werden. Das Verfahren nennt sich ›Luftbildarchäologie‹. Dabei werden Fotos aus großer Höhe von Feldern und Wiesen gemacht und man kann dann Spuren von Grundrissen von antiken Gebäuden oder Gräbern sehen und weiß genau, wo es sich lohnt zu graben. Sven hat sich einfach mal zwei Drohnen von der FH ›ausgeliehen‹ und hat mit seinem Bruder zusammen die Sache ausprobiert. Sie haben sogar ein altes Grab mit ein paar Schätzen gefunden. Aber sie wollten mehr! Sie wollten richtig viele antike Sachen verkaufen, um dann ihrem Vater eine große Summe zu übergeben. (Sven wollte seinem Vater erzählen, dass das ein Preisgeld ist, das er an der FH bei einem Wettbewerb gewonnen hat. Na ja, ob sein Vater da nicht skeptisch geworden wäre?! Egal, es geht weiter:)

Jetzt kommt der Oberhammer: An der FH von Sven gibt es auch eine große, sehr teure Drohne, mit der man sogenannte Wärmebilder machen kann. Dabei werden verschiedene Tem-

peraturen von Gegenständen in verschiedenen Farben sichtbar. Kalte Flächen sind blau oder grün, warme Flächen sind dann auf dem Foto gelb, orange oder rot. Wenn man ein Feld von oben mit so einer Wärmebildkamera fotografiert, dann erscheint der Boden grün, gelb oder blau. Steine und Mauerreste, die in der Erde versteckt sind, erscheinen aber orange oder rot. Das liegt daran, dass sie die Wärme der Umgebung besonders gut speichern und langsamer abgeben als der Boden drumherum. Das Ganze funktioniert in Sommernächten extrem gut. Da ist es tagsüber sehr heiß und die Steine speichern richtig viel Hitze. Sven und Lukas haben also eines Nachts diese große Drohne fliegen lassen und damit Aufnahmen gemacht.

Zu dumm für die Jungs war nur, dass Franzi, Marie und ich ausgerechnet in dieser Nacht den Sternenhimmel beobachtet und dabei dieses merkwürdige fliegende Objekt entdeckt haben – ihre Drohne. Zu dumm war auch, dass das sauteure Gerät einen Akkufehler hatte und deswegen automatisch mitten im Maisfeld gelandet ist und sich abgeschaltet hat. Die Jungs haben gleich am nächsten Tag mit zwei kleineren Kamera-Drohnen nach dem großen Multikopter gesucht. Dabei sind wir ihnen in die Quere gekommen … und ab da haben wir natürlich die Sache verfolgt.

Sven und Lukas haben die Wärmebild-Drohne schließlich nach längerer Suche im Feld gefunden. Und sie konnten feststellen, dass sie 1-a-Bilder aufgenommen hatte. Auf den Feldern zwischen zwei Höfen waren fünf knallrote Kringel zu sehen – alte römische Rundgräber! Die Jungs sind sofort losgezogen, haben sich den Mini-Bagger von ihrem Vater geschnappt und haben völlig überstürzt und unprofessionell angefangen zu graben. Als sie in die ausgehobene Grube geklettert sind, um ein paar Tongefäße mit Schmuck zu bergen, ist das lockere Erdreich über ihnen eingestürzt. Sie hatten tierisches Glück, dass sie nicht vollkommen unter den Massen begraben wurden.

Tragisch an der ganzen Sache ist auch, dass die Behörden jetzt mitbekommen haben, dass unter den Feldern der Familie Olbricht wertvolle römische Siedlungsreste liegen. Wahrscheinlich wird dort ein großes Grabungsfeld vom Denkmalschutzamt errichtet und die Olbrichts können für die nächsten Jahre dort keine Landwirtschaft betreiben. Oh Mann. Das ist für Sven und seine Familie alles ganz schön nach hinten losgegangen.

Ich schreibe hier weiter, sobald ich mit Kommissar Peters letzte Details geklärt habe. Es gibt nämlich noch einen ›Nebenfall‹. Die Jungs haben zufällig einen Öko-Betrug aufgedeckt. Den wollten sie allerdings eigentlich verschweigen. Wir haben Kommissar Peters gestern ein paar Unterlagen dazu übergeben, damit er die Sache überprüft.

FOREVER!!!

Drei Tage später saßen die drei !!! in Franzis großem Outdoor-Bett unter den Eichen. Eine leichte Sommerbrise ließ die Blätter über ihren Köpfen leise rascheln.

Marie klopfte ein Kissen zurecht und ließ sich nach hinten sinken. »Herrlich!«, murmelte sie. »Von mir aus können wir unsere Detektivbesprechungen immer hier abhalten!«

»Kein Problem«, sagte Franzi und grinste. »Wir müssten uns nur noch etwas für den Winter überlegen. Vielleicht ein paar Felle und ein regendichtes Dach?«

Marie boxte sie leicht in die Seite. »Spaßvogel!«

Franzi wich kichernd aus. Das Hängebett schwang leicht hin und her. Die Limonadeflaschen klirrten in der Kühlbox, die in der Mitte auf der Matratze stand.

Kim rückte das Detektivtagebuch auf ihren Knien zurecht. »Also, ich habe gestern mit Kommissar Peters gesprochen.« Sie verdrehte die Augen. »Er hat übrigens noch mal ausdrücklich darauf hingewiesen, dass es nicht in Ordnung war, dass wir einfach wieder losgezogen sind, nachdem er uns zu Franzi nach Hause gebracht hatte.«

Marie zuckte mit den Schultern. »Es war vielleicht nicht in Ordnung, aber es war wichtig. Sven und Lukas hätten sonst noch eine Ewigkeit da in dem Erdloch gesteckt. Womöglich wäre der Krater dann komplett über ihnen eingestürzt.«

»Ich bin auf jeden Fall froh, dass Peters nicht groß nachgefragt hat und uns nach dem Einsatz noch mal zu dir gefahren hat, Franzi«, sagte Kim. Sie grinste. »Wenn wir den Rest der

Nacht nicht heimlich im Pferdeschuppen verbracht hätten, wäre unsere Notlüge voll aufgeflogen! Meine Mutter hätte mich gekillt!«

Franzi nickte. »Zum Glück hat uns keiner bemerkt.«

»Notlügen sind manchmal ganz schön anstrengend«, stellte Marie fest. »Aber was soll man machen? Außerdem: Es ist ja noch mal gut gegangen.« Sie rappelte sich von ihrem Kissen hoch und sah Kim gespannt an. »Und jetzt erzähl endlich, was Peters dir noch berichtet hat!«

Kim räusperte sich und klopfte mit dem Kuli auf ihr Detektivtagebuch. »Zum Strafmaß für Sven und seinen Bruder konnte er noch nichts sagen. Da wird der Richter in ein paar Wochen entscheiden. Sicher ist aber, dass auch Herr Olbricht zur Verantwortung gezogen wird. Er hat schließlich mit der Unterschlagung von Fundstücken angefangen.«

»Ja, aber doch nur, weil er um seinen Hof gefürchtet hat«, warf Franzi ein.

Kim biss sich auf die Lippe. »Er tut mir ja auch leid, aber es war trotzdem nicht richtig, was er gemacht hat!« Sie blätterte eine Seite im Detektivtagebuch weiter. »Wenigstens erhält die Familie wohl eine Entschädigung, wenn die Grabungstätigkeit auf ihren Feldern beginnt.« Kim seufzte. »Keine Ahnung, wie viel das ist.« Plötzlich klopfte sie mit ihrem Stift auf das Detektivtagebuch. »Das hatte ich ganz vergessen euch zu erzählen: Ihr erinnert euch an die beiden Männer, die den Stand von Olbrichts auf dem Markt beobachtet haben?«

»Die hatte ich schon völlig vergessen«, gab Marie zu.

»Ich auch«, sagte Franzi. Sie beugte sich neugierig vor. »Sag bloß, du weißt, wer das war!«

»Ja!« Kim kratzte sich an der Nase. »Das waren zwei Beamte vom Bundeskriminalamt! Sie ermitteln schon eine ganze Weile undercover gegen Sven. Jemand vom Denkmalschutzamt hat die Videos im Netz gesehen und ihn angezeigt.«

»Das ist ja ein Ding!«, sagte Franzi. »Dann wären die Jungs ja ohnehin bald aufgeflogen.«

Die drei !!! schwiegen eine Weile. Dann räusperte sich Franzi. »Und was ist mit Albrecht Ahlers und seinem Öko-Hof?« Sie nahm drei Flaschen aus der Kühlbox, öffnete sie und reichte Kim und Marie je eine Flasche.

Kim schnappte sich einen Strohhalm und drehte ihn nachdenklich zwischen den Fingern. »So wie es aussieht, haben die Jungen gute Recherchearbeit geleistet. Ahlers' Hof erfüllt schon lange nicht mehr die Öko-Richtlinien. Das Schlimme ist ja, dass er immer weitergemacht und ständig neue Junghennen dazugekauft hat. Er hat die Tiere bei verschiedenen Züchtern besorgt, damit keiner Verdacht schöpft. Dann hat er seinen Transporter mit den Käfigen immer in der Scheune zwischengeparkt und ist nachts zu seinem Hof gefahren, um die Tiere im Schutz der Dunkelheit freizulassen.«

»Und jetzt?«, fragte Marie. »Muss er seinen Betrieb schließen?«

»Nein«, antwortete Kim. »Kommissar Peters meinte, dass er das Öko-Zertifikat abgeben müsse. Er kann weiter Eier und Hühner verkaufen – bloß darf er nicht mehr sagen, dass sie aus ökologischer Haltung stammen.« Sie ließ den Strohhalm in ihre Flasche fallen. »Wenn er seinen Auslauf vergrößert oder die Anzahl der Hühner verkleinert hat, kann er ein neues Zertifikat beantragen.«

Franzi nahm einen Schluck Limonade. »Ob ihm das dann noch viel nutzt? So ein Betrug spricht sich rum wie ein Lauffeuer. Es wird nicht leicht für Ahlers sein, das Vertrauen der Kunden wiederzugewinnen.«
Marie legte den Kopf in den Nacken und sah nachdenklich in den Himmel. »Ganz schön traurig, wo sich Leute hineinmanövrieren können, wenn sie meinen, besonders schlau zu sein.«
Kim nickte. »Allerdings.«
Marie seufzte.
Wieder schwiegen sie eine Weile.
Plötzlich blätterte Kim hektisch im Detektivtagebuch. »Ich hab noch eine Überraschung für euch!«, murmelte sie. »Wo ist jetzt der Ausdruck?« Kim schüttelte das Buch und ein gefaltetes Papier rutschte heraus. Sie hob es triumphierend in die Höhe. »Das wird euch gefallen!«
»Was ist das?«, wollte Marie wissen.
Kim entfaltete das Papier und legte es grinsend in die Mitte. »Ich kann euch übrigens sagen, was es mit den merkwürdigen Abdrücken im Rapsfeld auf sich hat!«
Franzi schlug sich mit der Hand vor die Stirn. »Die hatte ich auch schon vergessen. Langsam wird's bedenklich!«
Marie schüttelte den Kopf. »In diesem Fall gab es so viele Sachen, da kann man gar nicht alles auf dem Schirm haben!«
Kim wedelte mit dem Papier. »Also, wollt ihr es jetzt wissen?«
»Ja!«, riefen Marie und Franzi wie aus einem Mund.
»Die Nachricht habe ich vorhin zufällig in den Online-Tagesnews entdeckt«, sagte Kim. Sie lächelte. »Die beiden Kreise

hat jemand absichtlich in das Feld gezeichnet! Er ist mit Brettern an den Füßen durch den Raps gelaufen und hat die Pflanzen kreisförmig niedergetreten!«

Franzi runzelte die Stirn. »Und was soll das für einen Sinn haben?«

»Den hier!«, rief Kim und hielt den Ausdruck hoch.

Neben einem kurzen Text war eine Luftbildaufnahme des Rapsfeldes zu sehen. Das Muster stellte eindeutig zwei ineinander verschlungene Ringe dar. Daneben war ein Schriftzug zu erkennen: »G & P – FOREVER – PLEASE MARRY ME!«

»Ein Heiratsantrag!«, quiekte Marie. »Wie süß!«

Kim nickte. »Im Text steht, dass ein junger Mann gestern eine Ballonfahrt mit seiner Freundin organisiert hat, weil er ihr einen besonders spektakulären Heiratsantrag machen wollte. Er hat tagelang an dem Muster gearbeitet.«

Franzi grinste. »Das ist doch mal kreativ!«

»Und so romantisch!« Marie blinzelte verträumt vor sich hin. Plötzlich aber sah sie Kim aus großen Augen an. »Und was hat die Frau gesagt?«

»Natürlich JA!«, rief Kim.

Marie hob ihre Limonadenflasche hoch. »Na, dann gibt es in diesem Fall ja wenigstens ein Happy End!«

Kim und Franzi nickten und hoben ebenfalls ihre Flaschen.

»Auf die Liebe!«, sagte Marie.

»Auf die Liebe«, wiederholte Franzi. Dann grinste sie. »Aber vor allem: Auf die Freundschaft! Auf uns!« Sie sah Kim und Marie auffordernd an. »Auf –«

»Die drei !!!«, riefen alle zusammen und Franzi ergänzte lachend: »FOREVER!!!«